かな

伊澤 多喜男

文芸社

早朝、寂れた駅で

風のゆらぎが頬をなでた。

ベンチに寝そべってうとうとしていた宗太は、《そろそろ一番電車の通過じゃ》人の気配を感じて、そちらに首をゆっくり傾げた。

《誰か？》片目を開けてみた。

《こんな時間に？》寝ぼけ眼で、そちらに目をやった。

小柄な少女が朝陽に浮かび上がった。

《青ざめた顔、うつろな目、半開きの口、力の抜けた両腕、どうした……？》

だぶだぶのジャージにリュックサックが垂れ下がり、裾に絡んでいた。それに、今にも落ちそうだ。なにかを思いつめた様子に、宗太はいやな予感がして、さっきまでの寝ぼけ眼をキッと見開いた。

《この子はもしかして……》

少女はやおらリュックサックをずり落とすと、そのままプラットホームの端っこに駆け出した。

「ハアッ！」

《電車が来るっ！》

宗太は飛び起き、そこに走った。

「離してっ！　離してー！　離してぇー！　死にたいのー！　死にたいのー！」

「だめだ！　だめだー！　だめだぁー！」

ギー、ゴー、ゴトゴトゴトン、ゴトゴトゴトン、一番電車が通過していく。遠ざかる音に静寂が戻った。


「ハア～ッ……助かった……？」

必死にもがく少女の腕を、宗太は両手で思いっ切り鷲掴みし、鬼の形相で、

「なに？　なに？　なに？　なにすんだー！」

割れんばかりの大声が少女の耳をつんざいた。

すると、宗太のあまりの怒気に少女は一瞬目をぱちくりさせ、何事かと、事の真相を確かめるかのように目を大きく見開いた。

それでも己のちぐはぐな映像に気づき、瞼に力を込めて閉じようとしている。

ついには、「わたし、わたし、わたし……」って言って、地面にふにゃふにゃとへたり込んだ。気の抜けた体に思いの丈を再度呼び起こそうとしている。

そして地面をこぶしで二、三度たたいたと思ったら、今度は両手で頭と耳を抱え込み、

髪をかきむしりながら、「ウーッ、ウーッ、ウアー、ヴァアーッ！　ヴァアーッ！　ガアアーッ！」体の芯から湧き出るうめき、わめきともつかぬ泣き声。

その異様さに恐怖すら感じた宗太は、とっさにその子を引き寄せ、力まかせに胸にあてがった。一瞬たじろいだが、少女は宗太の胸で泣いた。

「うん、うん。泣け！　泣け！　うんと泣けー、うんと泣けー！……なんかしんねえけんどよ、思う存分泣いてよ、な～んでもか～んでもよ、みんな！　みんな！　流しちゃえって！　泣いて！　泣いて！　泣いて！　さ！　……胸のつっかえ棒もよ！　はらわたに詰まったもんもよ！　ぜん～ぶ、ぜんぶよ！　流しちゃえって！　……そしたらよ、気がすむって！」

宗太は言い聞かせるように吐いた。

荒げた息と鼓動が宗太の胸に響いていた。

「エ～ン、エ～ン、エ～ン、エ～ン……」

少女の泣き声が、辺りかまわず寂れた駅にこだましている。

シャツにしみとおる汗と涙、まじりあって肌を濡らす。それでも、この子を胸にあてがい続けた。じっとたたずむ宗太、少女の泣き声が次第に弱まって、しゃくりあげるようになってきていた。

《電車とよ、喧嘩したってさ、勝てっこねえのによ。なんてことすんだべ、この子は……》

宗太にも孫がいる。見たことも会ったことも無い孫、この少女に重ねていた。

「死んじゃだめだ！　ダメなんだよ！　死んじゃったらよ！　あんたがさあ、死んだってさ、どうやって確認すんのよ？　ましてよ、天国に行ったか地獄に落ちたかもよ、わかんねえッ〜ノ！　第一よ！　あんたの若さじゃさ！　閻魔様が帰れってさ、追い返されるって！　そしたらさ、あんたさ、あの世とこの世の狭間でよ、ふらふらしてんだぜ、そんなんがさ、成仏できなくてよ、あの世のお化けになってよ、出てくんの！　母さんに会いに行ったってよ、あんたがさ、オバケじゃさ、逃げられちゃうッ〜ノ！　会えねえのよ、ほんと！　生きててなんぼッ〜じゃんか！　あんたのさ、若さじゃよ、これからなん〜ぼでもいいことがあるって、だからさ、生きるんだよ！　生きたくってもよ、生きられない人がさ、この世には、た〜くさんいるんだよ！」

泣きじゃくる子に諭すように言った。少女は、うんうんって頷いていた。そのたびに宗太の胸をぶった。

皮膚を貫く脈の音、《こんなにもよ、元気なんだからさ……》

その脈も徐々に治まってきていた。汗と涙にぬれた宗太のシャツ、少女は宗太の温もりを知った。

《よかった……よかった、本当によかった。生きててなんぼの世界じゃ……》

宗太は手を緩めて、その子の頭に手をやった。興奮の極みで、汗まみれの髪の毛。体はまだ小刻みに震えていた。大それた行為から解放された安堵感、さっきまでの死の恐怖、少女は大きなため息を何度もついては、呼吸を整える仕草を繰り返している。宗太はじ~っとその姿勢に見入っては、また、遠くに目をやった。

宗太は、この寂れた駅で朝方の通過車両をやり過ごすのが、休みの日課だった。宗太は命に敏感だ。幼い時分に竹馬《ちくば》の友を失い、早世した父の死、家庭を持ち、人生これからという時に最愛の妻を亡くした。命を亡くす無念を知っていた。心を許した者の死は、周りを狂わす。これが現実だ。

《命ってさ、地球より重いっていうがよ。これってさ、残されたもんがさあ、背負うことばなんだよな！　天からの命をよ、全うした死だってさ、残されたもんはよ、重いんだからさ。ましてよ、中途の死なんてさ、それこそ、はかりしれねえつ~の！　そんなんだからよ、天からの授かりもんの命はさ、どんなことがあってもよ、しつこく、しつこく、生きてみんべさ！　あんたがさ、死にたくなったらよ！　残されたもんによ、思いを馳せてさ、ど~んなにかつらいかをよ、想像してみなっせ！　死ねねっつ~の！　ほんと！》

宗太の命への思いだ。

青い空に白い雲、いつもと変わらぬ風景だが、宗太にはついでのことだが、胸にこみあげるものがあった。

《人の命ってさ、考えてみればよ、キセキなんだよな！　この世に奇跡で生まれ落ちてよ、金持ちに生まれっか、貧乏に生まれっか、はたまた愛情いっぱいの家庭か、愛情なしに生まれっか、奇跡とさ、運がさ、一緒なんだぜ！　どうせなら、金持ち、愛情いっぱい、に生まれてぇよな？　それがよ、現実ってさ……ホント！　つらいの！　だからよ、現実はさ、変えられねえって！　悔やんでもよ、どうにもなんねえんだからさ。ど～んなにつらくてもさ、奇跡で作ってくれたからにゃよ、生きてなんぼっつう～しさ、自分で鼓舞すっきゃねえの！……人生いろいろっつ～しな、生きてみなっせ！　あんまりさ、深刻によ、考えないでさ、それでいいのよ！　人生をよ、作るものなんてさ、良くも悪くも全部自分なんだぜ！　あんた次第でさ、良くも悪くもなるんよ！　どっちを選ぶかなんだけんどさ！まあ、実際それが……お・も・い……》

己に言い聞かせている。

心配性で気の小さい男、その上、ダメ人間の烙印を押していた。自分をそう断じている宗太が、あってはならないことに直面している。

命を絶とうとした極限の思い！　興奮の渦から必死に抜け出そうとしている。深呼吸を繰り返しては、我に返っていった。少女は落ち着きをとりもどし、赤みを増した頬からは人の温もりを発していた。

少女は、ゆっくりとすまなそうに顔を上げた。

涙にくれたその顔にはもうすっかり赤みがさして、

「ごめんなさい！　ごめんなさい！　おじさん！　ごめんなさい！」

「うん、うん」とうなずく宗太。

少女は必死にごめんなさいを繰り返していた。

《一体なんだった？　電車に飛び込もうなんていったい！　なにが？……こんな小さな子に……》

なぜか、少女の思いをダブらせた宗太は、こみ上げてくるものを抑えきれず、目頭が熱くなっていった。上を向いてこらえていたが、たまった涙をこらえきれずに落とした。

《年甲斐もなく、もらい泣きなんて何年ぶりなんだろう……わしは涙腺がゆるい》

我が子を胸に抱いていた時分を思い出していた。そのぬくもりは変わらなかったのだ。

少女もまた、涙した。静寂が辺りをつつんでいた。老人と少女は照りつく太陽に晒されている。宗太はポケットからハンカチを取り出すと、自分の涙を拭こうともせず、その子に手渡した。少女は自分も持っているという仕草を見せたが、宗太の好意に従った。皺はよっていたが、真っ白なハンカチ、その四つ折りされたハンカチを開いて、少女は涙を拭いた。

ハンカチは白と決めている。宗太のきれい好きは母親譲りなのだ。晴れの日にはきまって洗濯をする。彼の習慣であり、生活の一部だ。身も心も洗濯で洗いなおす、これが快感だった。拾ってきた、いや、厳密には失敬してきたプラスチック浴槽でだ。赤子を入浴させるためのもの。ごみ集積所からの贈り物だ。

その中に洗濯物を入れ、これでもかと足踏みし、その後、手もみを繰り返し、それに、木製の洗濯板まで使う。そのあと、丹念に絞って終了する。その様はまるで儀式の如くだ。すべて人力なのだ。洗濯機はあるが、機械で洗うより、人力のほうがきれいになると思い込んでいる。その際、洗剤に漂白剤を忘れない。

手製の物干し場には、いつも洗濯物がすがすがしそうに風に揺らいでいる。しかも、すべてが白っぽいものだ。白になにかを感じている。その光景が宗太には快感だった。

宗太は少女にベンチに行こうと目で促し、少女のリュックを拾い上げてベンチに向かった。宗太が腰を下ろすと少女も座った。

ほっと一息つくと、少女は握り締めていたハンカチを膝の上に広げて、両端を引っ張っては皺を伸ばそうとしている。宗太は黙ってそれを見ていた。

まだ涙のしみが残っていて、ぎゅっと握り締めた跡が縞模様になっている。その模様を手のひらで直そうとしていた。少女の手はみずみずしさでまぶしい。

《こんなにも生き生きしている、一体何事があったんじゃ？》

少女の手の動きに目をやりながら思った。

「おじさん！　ありがとう！」

宗太は黙って頷いた。少し遅れて、

「……いいんだよ！　……いいんだよ！」

少女は何度もうなずきながら、手にしたハンカチをぎゅっと握り締めては自分の胸にあてがっていた。

《もうすぐ二番電車が来る》

皺伸ばしをあきらめると、四つ折りにたたんだ。それを左手に乗せると右手をそえた。そして両手に挟み込んだまま、大事そうに宗太に差し出した。

宗太は起立し、笑みを浮かべながら両手をそろえて少女の前に出た。

「おじさん！　本当にありがとう！　本当にありがとう！」

と言って、そっとハンカチを宗太の手のひらに置いた。

ゴー、ゴトゴトン、ゴー、ゴトゴトン、二番電車が通り過ぎた。陽の光がまばゆくなっていた。線路が陽炎にゆらぎはじめた。その陽炎の中に消えていった。

《線路に陽炎、今日も暑くなりそうだ》

宗太は三番電車の後のことを考えていた。休日には三番電車までをやりすごす。そのあと、九時近くにはここに停まる電車が来る。その時間までにはここを去る。この無人駅ではめったに乗降客を見ないが、それでも人に会うのがいやだった。《今日はいつもと違う日、神のみぞ知るか？　なるようになるだ、ケセラセラってこと》とこっそり予定は未定にした。

少女は黙って一点を見つめていた。宗太もまた一点を見つめていた。沈黙が続いた。宗太は目をつぶって遠い思いを掘り起こしていた。

《わしはこの子の時分にはなにをしていたっけ？　……小学生……か？　ろくな思い出しかねえよな……》

学校には、いい思い出がない。小学校になったばかりの一年生で、盗っ人扱いされ、生徒の目にさらされた。三年の担任には掃除の仕方が悪いと、皆の前で投げ飛ばされた。しかも、よほど癇に障ったのか、三度も四度も床にたたきつけられた。他の生徒たちも、この先生の感情爆発に青ざめた顔をして、この顛末に見入っていた。宗太は、その時の周りの生徒たちのびっくりした目が今も脳裏に刻まれている。

その時に、ただなんとなく、《貧乏な家庭の子だから……こんな怒られ方をするんだろうなあ～って》先生への偏見が芽生えた。《見せしめだったに違いない》口惜しさとやり場のない虚しさを覚えた。それ以来、先生アレルギーだ。そしてそれはずうっと大人になってまで消えなかった。

だから、家の周りの自然は、宗太は大歓迎だ。近くの川では、魚釣りや水遊び、小高い崖からの飛び込み、夏休みは一日中ここで過ごした。野山へ行けば木の実や山菜、キノコまで、祖母に教わった採り方を実践していた。そんなことに夢中になって、遅くまで遊んでいては母親にしかられた。

そして、宗太はいつも一人ぼっちだった。人里離れた一軒家。隣の家までは、曲がりくねった道を歩かねばならなかった。だから自然を相手に一日を過ごしていた。そんな環境で育ったせいか、孤独は苦にならなかった。

自然が友だった。《それが今の自分をつくった》と思い込んでいる。


「おじさん!……」

少女の声にふと我に返った宗太は、そっと顔を向けた。

少女の瞳はすっかり回復して生き生きとしていた。《もう大丈夫》

「なにかな?」

「おじさんに聞いてもいい?」

「ああ、なんでも……」

そう答えると、笑顔を送った。

「おじさんは……な、な、なんで、助けてくれたの？」

「……う～ん……う～ん……」

宗太は一息ついて、

「とっさでよ……そう、とっさのことでさ、理屈なんてねえのよ！……だ～れでもさあ！ああしたと思うよ！」

少女は宗太をじいっ～と見つめて、

「ありがとう！　ありがとう！　おじさんは……」と言うと口ごもってやめた。

宗太は口元を緩めて、

「あんたはさ、世界にたったひとりじゃねえのか！　身代わりはよ、いねえのよ！　わしはさ、いのちは神様がくれたもんだと思ってんのさ。命あっての物種って言うけんどさ、いろいろあっての人生なんじゃよ、み～んないろいろあんのよ、なんにもねえって奴なんか、いねえって！　……あんたのさ、命の前にさ、立ちはだかったなにかがよ、どんなもんか知んねえけんどよ、その大きなものを乗り越えてみなっせ！　あんたはさ、一度死んだ気になったんだからさ、死んだ気になりゃ、なんでもできるっつ～しさ、きっとできるよ！　……あんたは今日生まれ変わったんだぜ、神様がもっともっと生きろってさ、再度チャンスをくれたんよ！」

「うん！」

少女の目の輝きが増した。

どんな事情かわからないけれど、宗太には少女の苦悩がぼんやり浮かんでいた。

「おじさん！　……もうひとつ聞いていい？」

「うん、なんなりとよ！　聞きなっせ！」

「おじさんが、さっき言った閻魔様って？」

「ああ！　それなあ……わしもよ、そいつにはさ、会ったことはねえんだけんどよ、聞くところによればさ、そいつはさ、極楽か地獄行きをよ、三途の川を渡った先のあの世の門でよ、関所みたいな門なんだろさ、決めるっつう話じゃねえのかさ！　どんな裁量でさ、決めんだかさ、興味があんだけんどよ、閻魔様には今んところ会えてねんだよな～。……まあな、地獄に行きたくなかったらよ、悪いことスンナってことだんべさ」

宗太はそう言って苦笑いした。《オイラの生き方じゃ、地獄行きだんべな》自戒している。

「ふう～ん、じ・ご・く・か？」

「わしもよ、地獄ってよ、見ちゃいねえんでさ、想像だけんどよ、小説のさ、『蜘蛛《くも》の糸』ってさ、そん中によ、天から蜘蛛の糸が降りてきてさ、地獄から逃れようとして、それにすがって地獄脱出、つう話でよ、みんながその糸にすがって極楽に行こうとすんだがよ、自分だけが助かろうとしてさ、そいつ、また、地獄に落とされちゃうのさ。たしか、血の池？　だったけな、その地獄がよ、血の池に針の山でさ、そこんとこでよ、浮いたり沈んだりってさ、表現されてんでさ、わしの地獄観になってんのよ。まあ、作り話なんだと思うがよ、心に残ってんじゃ」

「ふ〜ん、おじさんて、おもしろい！」

「おもしろいか？　自分じゃちっともおもしろくねえけんどな！」

ハハハって適当な話を笑いでごまかした。少しずつ、打ち解けた空気が漂ってきて、宗太も大分気楽になっていた。さっきまでの重苦しい空気はどこへやら、お日様の照り付ける石畳のプラットホームが一段と明るい。

「さて、わしは喉が渇いたんでよ！」

と言って、リュックの中をガサガサ探してペットボトルを持ち出した。

「これ、飲むかい？」

「ううん、大丈夫」

「遠慮してんの？」

「わたし持ってきてます」

「……ふうん……？？？」

《死のうとして？……今の子は……準備万端……？？？　じゃな》

少女はリュックからドリンクを取り出し、宗太が喉を鳴らして飲む仕草に、笑いながらそれを口にした。

《笑ってくれりゃ、立ち直ってきたっつ～ことだよな、あとひといきじゃ！》

「ところで、おじさんも、聞いていいかい？」

「はい！」

はっきりした声だった。

「おおっ！　元気が出てきたな、いいぞ、その調子じゃ！」

「あんたは、どこからきたの？」

「隣町からです。」

「名前聞いてもいいかい？」

「はい、宮沢かなって言います」

「かなちゃんか、いい名前だねえ、自分の名前は大切にしなきゃ！『名は体を表す』っていうだんべさ！」

「おじさんは、なんていうんですか？」

「おじさんか、名のるほどのもんじゃねんけんどよ！」

一呼吸おいて、

「むらやまそうきち！って言うんだよ！」

「そ・う・き・ち……」

宗太はとっさに幼なじみの名前を出した。少女は上目遣いに宗太を見て、

「そうきち！　そうきち！　そうおじさん！」

と言ってくりっと目をむいた。宗太はその仕草に、

「そうー、そうー、そうだよ！」

と洒落にもならない返事をして、うそが膨らんでいく不安を感じ、照れ笑いで隠した。

少女はその言い回しを愉快に感じ、宗太の笑いに同調してくすくすと笑った。

元気を取り戻したかなは、とてもうれしそうにして、

「そうおじさん！　こ、こ、こんど……また、いつか会えますか？」

遠慮の詰まった言葉だった。

《ん、ん、うん……早速きちまったか……》

宗太には一番苦手な人間関係だ。そんなのに嫌気がさして、隠遁生活を強いている自分には、頼られることが重荷になる。

《う～ん……》

「わしは休みには、いつもここにきて三番電車まで過ごすんじゃ！」

「三番電車って何時ごろなのかなあ？」

「これから通過する電車が三番電車なんだがよ！」

「じゃあ、今度の日曜日も来るんですか？」

「うん、天気次第なんじゃがな……」

「天気？」

「そう、雨だとよ、マイカーが走れねえんだよな、ずぶぬれになっちまうしさ！　それに、雨のプラットホームなんてよ、元気が出ねえつ～か、なんつ～か、うら寂しさがよ、漂よっちまってさ、朝っからさ、暗い気分になっちまうのさ！　雨はわしの天敵なんじゃ！」

「マイカー？？　雨……そうなんだ……マイカーか……？」

少しがっかりした様子を見せた。かなはつぶやいた。

「今度の日曜日晴れるといいな～」

「ああ～！　晴れるよ、きっと、晴れるさ！」

宗太は元気付けるように言った。一呼吸置いたが、正直に言った。《嘘の上塗りはできない、自分がみじめになる。これ以上嘘はつけない》この返答に内心ほっとした自分がいた。

《もうすぐ、三番電車が来る》

宗太は両膝をたたくと立ち上がり、両手をひろげて背伸びをし、そのまま背を後ろにそらせて空を見上げた。

《青空とみどりの息吹、そしてこの静けさ、寂れた駅の落ち着き、毎度、気持ちがいいの

〜》

「ああー！」って声を発しながら姿勢を戻し、かなの前に立った。

膝を折って、かなと同じ目線にして言った。

「かなちゃん！　……もう、こんなことしちゃいけないよ！　それと……今日のことは家族にはぜったい、内緒にするん！　今日のことは秘密じゃ！」

「うん、ぜったい！　もうしない！　ぜったいに！」

「じゃあ、そうおじさんと約束だぞー！」

宗太は覗き込むようにして、「ぜったいだぞー！」と強く言った。

そして念を押すように、

「生きているうちが花！　よく考えてみなっせ、いつかはよ、みんなみんな死ぬのよ！　永遠の命なんてねえのさ！　言ってみりゃあ、これだけが、万人の共通事項じゃねえのかな。うんだからさ、生きてみんのよ！　あんたなんかさ、花にたとえりゃよ、まだまだつぼみにもなってねえのよ、これからさ！　なんぼでも咲かせられるん！　だからよ、今を頑張ってみなっせ！　必ずよ、明日が開けるって！」

「うん！　がんばる！」

力強い返事だった。

三番電車が近づいてきてゴーと、響きをとどろかせながら通過して行く。何事もなかったかのように。宗太はそちらに目をやり、電車を見送った。宗太のその目にはやさしさがあふれていた。

宗太は幼いころ、出稼ぎの父の送迎に母親に連れられては、駅舎に向かっていた。そのことが、父親よりもなぜだか、駅の思いになっていて、《そこは、見知らぬ世界への入り口、希望かなんか？　淡い夢がここにある》そんな思いを持っていた。

《うん、今日の出来事は、なんだったのかなあ〜。終わりよければすべてよし！　つう〜しさ、神様のご意思がそうさせた？》

そろそろ、別れの時間が近づいてきた。次の電車はここに停まる。

「かなちゃん！　うちに帰ろう！」

宗太はいつもの帰り時間を気にしながら、かなに言った。

「うん……」

か細い声が聞こえた。

かなは宗太をもっと知りたかった。もっと話したかった。お互いあっという間のことだった。それでも、心が通い合ったのだ。やさしいおじさんに出会えた。

かなには父親がいない。祖父、祖母もいない。なにか欠けている家庭と思っていたが、《こういうことなんかなあ》と漠然と思った。かなも宗太も明るかった。

「そうおじさん！　日曜日、必ず来てね！　きっとね！　きっとね！」

宗太はうんうんと頷くと立ち上がり、

「きみがいいって言うまで、送ってやるよ！」

かなは、ぱあっと明るくなって、

「わ～い！　ほんと！　ほんとに！　ありがとう、そうおじさん！」

《ゲンキンなもんじゃなあ、いまの子ってのは！》

宗太はここまで自転車で来ている。

「じゃあ、マイカーを取ってくっか！」と言って、少し離れた茂みの中に入っていった。

宗太のマイカーという言いまわしに、親しみを感じていた。この寂れた駅には、あたりを見渡しても、それらしい駐車場は見当たらない。第一、車が入ってこられる道らしい道はないんだから。少し経って、宗太は自転車を転がしながら、かなのところにやってきた。

「やっぱり……」

かなはフフッと笑った。

「わしのマイカーじゃ！」

少し古びているが、持ち前のきれい好きで埃ひとつついてない。一時代前のがっしりした黒塗りのもの。

「じゃあ、行こうか！」

かなの少し後を宗太は車を押しながら考えた。《隣町の子じゃ、ずいぶんと遠いのに、死ぬ気になればこんな距離も苦になんねえんだなあ？》

先を行くかなは、さっきのことはどこへやら、ステップも軽やかだ。肩からぶらさがったリュックが左右に大きく揺れている。今にも地面に落ちそうだ。だぶだぶのジャージは成長をみこして買い与えたもの。親の気持ちが伝わってくる。《そういう家庭環境だ》

宗太はだいぶ歩いて、また喉の渇きを感じて、車を止めた。

「かなちゃん！　喉渇いたろう？」

「ううん、渇いてない。おじさんは？」

「そうか、じゃあ、おじさんは、飲むとしよう！」

と言って、リュックからボトルを取り出した。

「かなちゃんは本当に！　渇いてないの？」

宗太は念を押したように聞いた。

「うん……ほんと！」

宗太は今日の昼飯代の五百円がポケットにおさまっている。もし渇いているって言ったら、かなの分を自販機で手に入れようとした。

「そうか、じゃあ、わしは飲むよ！」

宗太は安心して手にしたボトルを喉を鳴らしながらあけた。

「う〜ん、うめえー」
いつもの飲料水だが、気持ちのせいか、うまく感じる。

宗太の昼飯は年がら年中決まっていた。海苔のおにぎり、具は昆布、カップヌードルとサラダ。その総額五百円未満。ポケットの金はコンビニで手に入れる昼飯代なのだ。平日は仕事の終わりに決まってコンビニで買う。そこの店員は宗太が毎回のように同じものを買うので、レジも箸もさっと済ませて、「はい！　まいどう！」と言ってにっこりする。

嫌みな笑いなのか、愛想笑いなのか、とにかく必ずにこっとする。宗太はどちらでもい い。《ぶすっとしているよりましだな》と思っている。大体決まった時間帯なのだが、店員はローテーションがあるのか、決まった人ではない。それでもほとんどの店員に顔は知られていた。時には「暑いですね！」などと声をかけてくれる店員もいる。これだけ、毎回同じものを買う人も珍しいのだろう。ましてや、同じ服装でこの歳ときては、などと余計なことを考えては苦笑いをしている。宗太には十分すぎる愉快なときなのだ。この店員たちとの微妙な接点が、孤独な宗太の癒やしにもなっている。

かなの歩きは速かった。小柄だがしっかりした足取りで、自転車を押しながらの宗太は少しずつ遅れていく。かなは後ろを振り向いては、その差が広がると、小走りに戻ってきて、また歩き出すということを繰り返していた。

だんだん、隣町に近づいてきた。宗太はこの隣町を生活の糧にしている。

《ひょっとすると、かなの家の近くにも行っているかもしれねえな～》

この町のごみ集積所に行っては、空き缶をいただいてくる。早朝、夜も明けきれぬうちに、いただいてくる。いや、失敬してくるのだ。宗太はその行為に後ろめたさを感じていて、缶を失敬するだけでなく、必ずその場をきれいに掃除して、終わりにする。

それが徹底していて、そこまでしなくても！という塩梅なので、町内の人々には噂は広まっていた。だから、宗太が通う集積所はいつもきれいになっていた。せめてもの罪滅ぼしだった。

こういうこともあった。ある集積所では、感謝の手紙が添えられていて、最後に〈いつもいつもありがとうございます〉と書かれていた。

《まだ、まだ、わしも捨てたもんじゃないな！》と勝手に独り合点している。だから掃除には力を込めていた。

そういうことが功を奏してか、年々鍵付きの集積所になっても、鍵の番号をこっそり、しかも朝の暗い時分に出てきて教えてくれる町内もあれば、鍵付きになったことを鍵の横にテープで書き置きしてくれたりと、ほとんどの集積所で親切にしてもらっている。恐縮の至りだ。

自分の行為が、悪く思われていないということだけでも、宗太にはうれしいことだった。せめてものなぐさめになっている。

その集積所から、自転車につけたリヤカーに空き缶をいっぱい詰め込んで、まずは、自宅に持って帰ってくる。これが、宗太の仕事だ。空き缶が生活の糧であった。


隣町の端っこにくると、かなは自転車の荷台に手をかけて、

「そうおじさん！　押してあげる！」と言って押しだした。

《もうすぐなのかな〜、家が近づいてきたので、こんなことしている？》

宗太はもやもやしだした。

《親に会わせるつもりじゃないだろうな？》だんだん心配が募ってきた。

《親と会うわけにはいかない！　こんな自分を見せたくはない！》

「かなちゃん！　うちはまだなの？」

「うん、まだまだずうっと……」

「あっ、そうか」

少し安心した。かなは宗太が疲れてきたと思って歩みを止めた。

「つかれた？」と宗太に向かって言った。

「おじさんはかなの何倍もの歳だもんな！　歳には勝てないって言うじゃろ！」

宗太は笑いながら言った。

「うん……そうだね、そうおじさん！　じゃあ、あの角までにしようっと！　いい？」

と勝手に決めて、また後ろを押しだした。

宗太はこの子のなすがままにしていた。

《晴れた気持ち、なにかをつかんだのかな……あれだけ憔悴しきっていたのに、今の子はこんなもんか！　まあ、良くなればいいさ……》

自転車を押す力が増してきた。陽がじりじりとさしてきている。

「おじさんの家はここから遠いの？」

「ううん……自転車だからさ、かなちゃんよりは、速いかもしんねえなあ！」

かなの家がどこにあるか知らないが、自転車のほうが速いと決め付けていた。

そして、その角についた。かなは自転車を押す手を離し、小走りに前に出て姿勢を正した。

「そうおじさん！　ありがとう！　ありがとう！」

と言って、ぺこりとお辞儀をした。

そしてその角を曲がって走りだしたかと思うと、すぐに立ち止まって、

「そうおじさん！　きっと、きっと、きっときてね！」

「ああ、わかった！」

安心したのか、くるっと向き直ると走りだした。右手を突き上げてはバイバイの仕草を何度も何度も繰り出していた。宗太はその手に応えては、同じように手を振った。

小さくなっていく少女を、見えなくなるまで見送った。

手紙

日曜の朝、宗太はいつもより早く目覚めた。今にも雨が落ちそうな雲行き。予報では午後から雨が降ると言っていた。
宗太は明日の天気を寝しなに聞く。昨夜は寝付かれなかった。今日、どうするかを決められなかったのだ。
《かなに会って、成り行き任せに半日過ごす、それでは、もっとわしを頼りにするだろうな。今のわしには荷が重過ぎる。う〜ん、行かないできっぱり縁を切る。これは、あの子にとって過酷過ぎるだろうなあ〜、それに自分が……惨め……。約束は約束だしな》
逡巡している。
《どうすりゃいいんだ。神様！　教えてください！》
まだ薄暗い。

はっとして、《便箋、便箋はあったっけ？　そうだ、あのとき手に入れたはずだ！》思わぬ贈り物を拾ったのだ。そのときノートも買った。《そのノートがあったはずだ》

「こんなときこそ使わねば、一生使わねえぞな！」

たまたま空き缶の横に古雑誌が束ねられていて、その一番上に、聖書が乗っかっていた。《聖書なんて難しそうだな》と思ったが、《なにかの縁だな？　無下にしちゃあ、罰があたる》と思って、持ち帰った。そのとき、《神様が詰まってんだから、いいことは書き残そう》と殊勝な気持ちで、ついでに買い求めたノート。それが、殊勝な気持ちとは裏腹にどこかにお蔵入り。《まあ、こんなもんだべさ！》

《そうだ、手紙を書こう！　手紙じゃ、てがみ！》

《どこだ、どこだ、どこだっけ？》役に立つ時が来た。

宗太にとって、本は睡眠薬代わりだ。寝床で本を読みながら眠りに入る。これが習慣になっている。

母親は小さいうちから子供たちに本と親しむように躾ていた。友達との交流がままならない環境と知っていて、本をあてがっていたのだ。寝床で興に入り、朝方まで読み明かすということがたびたびあった。今はそんなこともなくなって、三十分も読めば夢心地だ。

いつもより早く駅に着くと、いつものベンチに行って、まずは腰掛けた。
《間違ったことをしているのかな？　いやこれが最善だ！》
宗太はリュックから、さっき、したためた手紙を取り出して、ベンチの上に置いた。ノートの一ページに書かれた文章を、三枚余分に切った切れ端で丁寧に包んで折りたたんだ。すぐに、見つかるように気を使っている。風に飛ばされぬように、その上にこぶし大の小石を置いた。それに、通りすがりに目にしていた花、《この暑い夏によ、よく咲いてるもんじゃな》って思っていた野辺の花を、途中で車を止めて摘んできていた。その花を手紙の上に添えた。
《かな、ごめん！　ゆるしてくれ！》
立ち上がると、もう一度そこを確かめて、少し離れたところから、目に入るかどうかを確かめた。
《これなら大丈夫！　きっと見つけてくれる》
宗太は自転車を走らせた。
《もうすぐかなは来るだろう、ごめんよ！　かな！》
かなは自転車で向かっていた。
六年生になったら新品を買ってもらうことになっている。今は母親からの借り物だ。小柄なかなは、母親の自転車にリュックを背負ったまま運転ができない。リュックが邪魔なのと、サドルが高くて足が届かないのだ。だから、前かごにリュックを入れてペダルをこぐ。左右に体を振りながら、上手にこぐ。ハンドルはリュックのせいでバランスが悪い。しかし、手慣れたもんだ。すいすいと走った。

ついこの間、宗太と別れたあの街角に着いた。宗太が、自分が遠く離れて見えなくなるまで、見送ってくれた交差点。かなはその思いを胸にしていた。

「そうおじさん！　もうすぐ行くから……待っててください！」

あせる気持ちが走りを速めた。母親には内緒だった。

「お母さん自転車貸して」

「どこいくの？」

「うん、友達のとこ！」

「何時に帰るの？」

「お昼に帰ってくる！」

「気をつけて！　雨が降ってくるって言ってたわよ！」

「うん、わかってる！」

もちろん、かなはあの事件を秘密にしている。

《あの日のことは、そうおじさんとわたししか知らないのだ。そうおじさんと、秘密を共

有している》

そう思うと胸が高鳴った。

あそこを曲がれば駅が見える。がさ藪に今にものみ込まれそうな砂利道、ペダルに力をこめた。

駅が見えた。かなはペダルを水平にして、爪先立つような姿勢をとりながら、首を長くして駅の方向へ目をやった。人影はない。

《また、ベンチに寝そべっているのかな?》

駅の階段まで進めた。ブレーキをかけて、その勢いのまま、路端に転がした。勢いあまって、リュックが投げ出された。かまわず、急いで、階段を駆け上がった。プラットホームに人影はなかった。

《まだ、来ていないのかな?》

自分が飛び込もうとした方向へ走った。反対方向へもなぜか走った。

《まだ来ていない……?》

でも、あのときの時間よりずっと経っていた。

相変わらず雲がたれこめている。今にも雨が落ちそうだ。かなはベンチに向かった。小石の下に手紙らしきものを見つけた。あわてて、その紙を開いた。

《そうおじさん……!》

「なんで！　なんで！　いやだ、いやだ！　なんで～っ！」

力が抜けていく自分を感じて、すとんと座った。

一枚目の紙に綴られた文字を、ひとつひとつ読み直して、次の紙をはがしてその次の紙にも文字が見当たらないことを確かめた、

『かなちゃんへ
本当に本当にごめんなさい。おじさんはうそをつきました。むらやまそうきちという名前はうそです。かなちゃんはおじさんに近づいてはいけません。おじさんはきらわれ者です。町のきらわれ者です。かなちゃんはしっかり生きなければいけません。決してあのようなことはしてはいけません。おじさんは、かなちゃんを陰から見守っています。だから、立派な人になってください！』

四つ折りにされた手紙にはお札が添えられていた。その手紙を開いたまま、大粒の涙を落とした。その手紙を膝に置いて、遠くの景色に目をやり、しばし、あの時のことを思い出していた。

紙ににじむ涙に目を落として、どうしたものかと考えた。お金と手紙を折りたたみ直してポケットにしまった。

《そうおじさん！　なんで！　なんで……お金なんて要らない！　そうじゃない！　なんで！》

添えられていた白い花が力なく横たわっている。その花を両手のひらに載せた。だらっとしていたが、そのまま自転車に向かった。自転車を起こすと、そのかごに白い花をそっと置いた。投げ出されていたリュックを拾い上げ、ベンチに戻っていった。

リュックからノートを取り出してベンチの前にひざまずき、ベンチを机にしてノートに書いた。

『そうおじさん……！』

かなは宗太がしたように四つ折りにして、その上に大きめの石を置いた。雨が勢いよく降ってきても、風が吹いていても、次の日曜日まで残っていることを願って、そうした。

お金を添えようとしたが、《この後の乗客に見つかってはまずい、そうおじさんに渡るとは限らない。だからお金は自分から返す》と決心した。

ベンチに腰を下ろし、先週のことを思い起こしていた。時間がどんどん経っていった。

三番電車が通り過ぎた。通り過ぎるときに水しぶきを撒き散らしていた。

《雨の中を通り過ぎてきたのかな？》

もう耐えられそうにないほど雲が垂れこめてきた。

《そうおじさん！　この手紙を見てください！　神様お願いです！》

自転車にまたがり、勢いよく走り出した。かなは悲しみを乗り越えようとしている。成長したのだ。
《しっかりしなければいけない。そうおじさん！　ありがとう》
体を左右に大きく揺らしながらペダルをこいでいた。かなの長い髪が風にゆらいでいる。また来る日曜日に希望をつないだのだ。
《きっと会える、きっと会える！》

予報どおりに雨が落ちてきた。宗太はいつもの昼飯をすませて、悶々としていた。窓から外を眺めている。雨が落ちてきて水たまりができた。雨粒が輪を作る。その輪が幾重にも広がって互いの輪がぶつかり合っている。
《う〜ん、陣取り合戦だな！　こりゃあ……この世にそっくりじゃな！　あの世にも陣取り合戦なんてあんだべか？》
雨脚が強くなって、屋根を打つ雨音がうるさい。窓を少し開けて大きくなる水たまりを眺めていた。雨粒は勢いを増して、水たまりに激突しては水玉をつくる。もう輪っぱは見えない。水玉がせわしく、おどっている。吹き込む雨に窓を閉めた。
宗太の家は、町外れの一軒家。すぐ裏手に小川が流れている。その小川の清流が生まれ育った田舎にそっくりなのだ。それが気に入った。その小川で集めてきた缶を一旦洗って、その後、木槌で缶をたたきペッタンコにする。買い取ってくれるリサイクル業者が、「宗太さんのは世話なくて本当に楽だよ！」と言ってくれている。

そんな宗太を思い、そこの社長さんはリヤカーまで譲ってくれた。宗太はますますそれに磨きをかけていた。

住まいといえば、戦後に建てられた平屋建ての住まい。スレート瓦が年代ものだが、まだまだ機能している。南側に物干し場だったに違いない樹脂製のテラスがあり、その樹脂屋根がところどころ、破れていた。

それをトタンに変えた。ここが宗太の洗濯場だ。壁は土壁でほころびていたが、そこに補修用のセメントを塗り込んでいた。つぎはぎだらけの家だが、宗太は悦に入っている。今でいうリフォームを気が付いては自己流でやっている。

老夫婦が息子の世話になるため、捨てていった住まい。大家は使っていただけるならと、ただ同然で貸してくれた。文句を言える立場じゃないが、直したトタン屋根の雨音がうるさい。

雨の大合唱、そんなときには年代もののラジカセをつけ、お気に入りの音楽を流す。音楽はなんでもござれだ。広く浅い。でも、雨の時は、なぜか演歌が聞きたい。ザアザアという雨音が演歌のメロディに合うのかもしれない。いや、雨の切なさになにかを感じていた。

　ボリュームを上げた。好きな歌手の歌が宗太の落ち込みを何度も癒やしてくれていた。今日もそういう気持ちでいた。使い古されたカセットテープは間延びした歌になってしまうのだが、それでもかまわない。


「そうおじさ〜ん！」

　叫んだ気がした。《気のせいか？》

　耳を澄ました。

「そうおじさ〜ん！」

　思わず窓を開けた。まだ雨脚は速い。

《こんな雨の中を……第一、かなはここを知らない》

　雨音と歌声が干渉して、宗太を呼ぶ声に聞こえる。

　宗太は思った。《まさか、この雨の中で……》

　耳を澄ました。

〈ソウタヨ！　ナニヲシテル、ハア？　オマエハ、ツメタイニンゲンジャノウ、ココロ、ココロ、トオマエハイウガ、ソノココロトイウヤツヲ、モッテイルノカ？〉

「わあ〜！　だめだ！　なにしてるっ！」

いきなり立ち上がり、玄関に掛けていた愛用の合羽を勢いよく身につけた。逸る気持ちに合羽のボタンがおぼつかない。

《もういい！　えいっ！》

自転車に飛び乗った。

安物の合羽は穴だらけで、強い雨脚にポロシャツ、ズボンともに濡れてきた。額を滑る雨が宗太の目を覆う。そのたびに、顔を左右に大きく振っては雨を振るい落とした。顔に当たる雨が痛い。ハンドルを握った手に思わず力が入る。濡れた手は滑りやすく、コントロールがままならないのだ。気が焦る。

《もうすぐ駅だ！　待っててくれ、かな！》

なじみの階段に直接、横付けして、駆け上がった。もう、合羽は用を成してない。汗としみこんだ雨水が全身を濡らしていた。運動靴までぐしょぐしょだ。ただ、そんなことは気にならなかった。

かなを抱きとめたプラットホームに勇んで駆け寄った。そして線路を覗き込み、線路から流れ込む側溝に目を凝らした。水の流れは速く、何事もない状況を察して、ほっとした。かながしたように、宗太も反対方向まで駆けた。

《なにもない！　かなはそんなことはしない、絶対に！》

約束したその目が浮かんだ。しっかりした目だった。

いつものベンチに向かった。ベンチには宗太がしたように紙切れと石が置かれて、花も添えられていた。
《あのままなのかな……？　かなは来なかった？》
近寄って凝視した。雨脚は一向に弱まらず、ひさしをかいくぐって、紙切れにも容赦なく降り注いでいる。
《あっ……これは、かなが置いていったもんだ！》
石をよけ、雨に濡れた手紙をそうっと手にした。それを合羽のポケットに慎重にさし込んだ。
《なくしたら……それに……そうだ！　花を……》
宗太はきた道を少し戻って、路端の白い花を摘んだ。今度は二輪摘んだ。ベンチに戻り、雨露を払い、その花をそっと置いて、花が飛ばされないように、かなが使った石を置いた。雨は相変わらず、降り注いでいる。
宗太は濡れた手紙を手にし、自転車にまたがった。折りたたんだままの手紙を合羽のポケットに入れたがいいが。《切れてしまったら読めない》。かなからの返事とわかっていた。家に戻ってゆっくり読むつもりだ。
ずぶぬれになった体だが、ペダルをこぐ足取りは軽やかだった。あんなことはしないだろうと思ってはみたが、一抹の不安がここに来させた。それが、結果的には良かったのだ。

ずぶぬれの服を着替えて、床に座り込んだ。床は荷物の出し入れに使う木製の架台にベニヤ板を並べて、カーペットを敷き込んでいた。その上に座布団を敷いて座っている。きちんと折りたたんだ布団が背もたれになっている。濡れてぺたっとなった手紙を、そうっと剝がしにかかった。

《大事な大事な手紙なんだよ！　慎重に、慎重に……》

四つ折りの紙は、一枚をうまくはがせた。幾分にじんではいるが、字は読めた。

この家は今風に言えば3ＬＤＫだ。三部屋のうち、その他の二部屋は畳の続きの間で、めったに使わない。床の間がついていて、生まれ育った家を思い出させる。床の間は嫌いだった。

宗太はこの家の東南の角にある茶の間を生活の場としていた。東には出窓があり、本棚の代わりに本が積んである。寝室とリビング代わりがこの部屋だ。隣が台所になっていて、飯はその部屋で食う。一応テーブルがあり、腰掛けて食べる。この茶の間は主に自然の採光を明かりとしているが、雨の日にはこの部屋の電灯を灯しても暗い。だから物を読むときには、宗太は蛍光灯のスタンドを使う。それを近付けて読んだ。

『そうおじさん！　わたしのそうおじさん！　そうおじさんはひとりだけです。かなはきらわれ者のそうおじさんでいい。みんなにきらわれていても、かなはそうおじさんが大好きです。だから、こんどは必ず来てください。必ず来てください。お願いです。かなより』

読み終わると、ふう～っと息を吐き出し、再度、その文字を一字一句かみしめた。

〈マタ、ヤッチマッタナ！　オマエノイキザマハ、コウシテニゲルバッカリジャノ～！ナントナサケナイコトカ！〉

「はああ、また逃げちまった！　わしはダメ人間なんじゃ！　許してくれ、かな！」

そして、おもむろに棚に置いた。まだ雨は降り続いている。雨の音に耳を凝らしていた。目をとじて情景を思った。

《う～ん、胸が締め付けられる思いって、こういうことかな？　……かな！　ごめんよ！こんどは必ず行くから。……逃げてはだめだ！　神様！　許してください。こんどは行きます、必ず行きますって！》

決意

かなは翌日、学校から早々に帰ってきて、母親が帰ってくる前にあの駅に向かった。ひょっとしたら、そうおじさんは、あの後来てくれたのでは、と淡い期待を持っていた。もう確かめずにはいられなくなっている。
《きっと来てくれたのでは？》
昨日の雨はすっかりやんで、じりじりと陽がさしている。走っては歩き、走っては歩きの道のりだ。額に汗が噴き出してきた。
《あの手紙は、そうおじさんに……》
そう思うと、胸が高鳴った。
ハンカチに手をやる暇がない。汗が額から滴り落ちている。あと一息だ。
《とにかく、あの場所に行かなければ》
急いだ。
無人駅は陽射しにさらされて、いつものようにひっそりしていた。階段をひとっ飛びで駆け上がり、ベンチに向かった。
《なにかがある？　そうおじさんは来なかった……？》
ベンチにある石が目に飛び込んできた。
《あのままなんだ……》
小走りに近づいた。
《あっ！　手紙がない！　そうおじさんだ！》
白い花が添えられていた。

うれしくなった。心が晴れていく。こんな気持ちを何年も感じずに過ごしてきていた。
《そうおじさん！　今度はきっと、きっと、来てください！》
祈る思いに、かなの希望が満ちてきた。
《きっと、きっと、来る……》
かなはその二輪の花を、また手にした。先の花は押し花にしていた。
《これも一緒にそうしよう！　いつか、そうおじさんに渡せる日をつくる》
そうおじさんの笑顔が浮かんだ。帰る足取りは弾んでいた。今度の日曜日が楽しみだ。

「お母さん！　明日、自転車使う？」

「うーん……あっ、そうだ。午前中に会社に行く用があるの」

少し間をおいて、「あっ、そうか……じゃあ～いい！」

かなは自転車をあきらめて、歩いていくことにした。かなの家から駅までは、かなの足では一時間ほどの道のりだ。そんな距離も苦にならない。かなの思いは強かった。


朝がやってきた。天気はまずまずだ。朝食もそこそこにすまして、そわそわしているかなに母親は、

「そんなにそわそわして、なにかあるの？」

「え～、なんにもな～い！」

母親は常日頃から、あまり干渉しないたちだ。それでなくても敏感になっていく娘を感じている。それ以上のことは聞かなかった。母子家庭の悲哀をいやというほど味わってい
る。《父親の役目は演じられない》そう思うと胸が熱くなる。それでも娘の成長は楽しみだ。

《自分にはつかめなかった幸せをこの子にはつかんでほしい！》いつもそう思っている。

やさしい母は演じられるのだ。それが娘への愛情と思っている。

「いってきま～す！」

元気な声が聞こえた。

「気をつけるのよー！」

「わかってる～！」

リュックを揺らしながら駅に向かった。

《今日はぜったい来ている、あの花はそのサインだ》

うきうきしていた。道中がいつもより明るい。気分でこんなにも景色が変わるのだと気
づいた。かなは変わっていく自分がうれしかった。

《そうおじさんの影響だ！　早く会いたい！》

《もうこんな時間か……》

宗太はいつもより遅い目覚めを枕元の時計で確認した。
《そろそろ出かけないと、かなにまた心配をかけるって、今度はできない！》
昨夜、宗太は久しぶりに酒を飲んだ。胸を張って会うことのできない自分が不甲斐ないのだ。
《急がねば、かなは勇んで来るだろう。だから早く来ているに違いない》
かなから上手に逃げようとした、そんな自分を責めていた。なぜか重いものを感じている。お金が手切れで、それで終わればと、ずるく考えていた。
《あきらめてくれれば、いい老人で終わったはずなのに、そんなに甘くなかったな》
そんな宗太はついつい酒が進んで、珍しく寝坊した。あわてて身づくろいをし、愛車を蹴った。
《いきなりなんと言えば？　かなちゃん！　ごめんな！　謝るしかないか？　かなはわしを責める？　いやそんなことはない！　あの子は気持ちを察する子だ》勝手に想像した。
駅が見えてきた。
《誰かいる、かなに違いない》
駅の柵に人影が動いている。コンクリートの柱にさび付いたワイヤ、ところどころ朽ちた柵はおざなりについているだけのものだ。こちらに向かって手を振っていた。
《ずいぶん待ったのだろうか？　自分はこんなにも落ち着いている》

宗太はすっかり肝が据わっていた。《なるようになる、ケセラセラだ》

自転車をいつもの茂みに置いて、リュックをぶら下げた。

かながこっちに向かって走ってきた。

「かな！　この前はごめんな！」

大きな声で言った。

「ううん！　そうおじさん！　来ないかと思った！」

「ううん、ごめん、ごめん。そうだよなあ、約束をやぶっちゃったんだからなあ！　今度やったら罰が当たるって！」と言って、

「ずいぶん待たせたかなぁ？」

「ううん……そんなでもない！」かなの強がりの言葉が返ってきた。

ここに来て実際、三十分は待っていた。一時間歩いて、いや走ったり歩いたりだから、一時間三十分程度、小一時間半は待ちどおしい時間だった。

かなは宗太のリュックに手を貸した。宗太は笑って、

「オオッ！　おじさんのは重いよ！」

「ううん、へっちゃら！」

と言ってリュックの一方を持とうとしたが、自分の小ささに気づいて、宗太とのバランスを保とうと肩にかけて歩いた。こうして宗太のためにすることが、楽しくて仕方なさそ

うだ。かなは充実感に満ちていた。

並んでベンチに向かった。腰をかけると、宗太はすぐにリュックを覗き、ペットボトルを取り出した。

「かなちゃん！　飲んで！」

かなは素直に受け取った。キャップに手をかけ、

「そうおじさん！　ありがとう！」

と言って口を開けた。それを口元に持っていって、「そうおじさんは？」と言ったが、その仕草を見ていた宗太は逆に、「かなは、そのジュースどうかな？」と言って、自分の飲料水を取り出し、口にした。

二人の至福の時だ。

いきなりかなが口を開いた。

「そうおじさん、ありがとう……かなは……かなは……」

と言ったので、宗太は、「かなは……」と促した。

「かなは決めました。かなは強くなります。もっと、もっと強くなります！」

強い意志がこめられていた。宗太は、

「そう！　そうだ！　うん！　うん！　かなならできる！」と力強く返した。

《わしの返事は軽い、いい台詞が出てこねえ、だめだな~、学がねえからな……まあいい

か……》

言葉の代わりに、かなに目をやり、笑顔を送った。かなも笑い返した。

宗太は飲料水をまたごくりと飲んだ。

かなはベンチから勢いよく立ち上がり、

「そうおじさん！　これ返します」

と言って一万円札を差し出した。

「いやいや、いいんだがな～……」

「そうおじさん！　かなの家は豊かじゃないけど……」

それ以上は言わなかったが、返す意思は固かった。それを感じた宗太は、

「うん、そうか、そんじゃ、ありがとう！」

と応えて、立ち上がった。両手で受け取ると、それをそのまま頭の上にかざして、そのまま丁寧に会釈をし、次に姿勢を戻して、そのお金をおもむろに胸のポケットに入れた。

ポケットを三回軽くたたくと、「たしかに！」と言って座り直した。

その身のこなしに、かなはいきなり噴き出した。宗太のこのパフォーマンスは、お金の重みよりも、かなの思いに敬意を示したものだった。

「そうおじさんって、おもしろい！」と言って、大笑いしている。宗太もまた笑った。

《自分の仕草がこんなにも受けるなんて！》

宗太は愉快になってきた。

かなは聞きたいことがいっぱいあるのだが、言葉を選んでいた。宗太の負い目に触れてはいけないと、もし触れれば、この関係がこわれてしまう気がした。小さな心にも遠慮があった。

自分の母親に対してもそうだった。片親であるハンデを決して吐いたことがない。触れてはいけないこととしていた。かなは母の一生懸命生きている姿を見ていた。かなにやさしくしてくれる母は、誰よりも一番と思っている。


かなには決して忘れられない事件があった。かなが通っていた町営幼稚園で、遊戯会があった。皆は両親が来ていて、家族ともどもにぎやかにしていた。

かなは、母親に向かって、「かなには、なんでお父さんがいないの?」周りに響く大きな声だった。

母は悲しそうな顔をして、「かなちゃん、ごめんね!　ごめんね!」そう言って後ろを向いた。人に涙を見せたくなかった。

《かなは、なにか間違ったことを言ってしまった?　これはいけないことだった》

これが小さな心に刻まれた。

かなは涙をぬぐう母を気遣い、小さな手を添えた。母親の手は温かかった。これは二度と口にしてはならないと思った。周りをはばからない親子の情に、騒がしい園の目が二人に注がれていた。母親はそれに気づいて、「すみません！」と何度も頭を下げながら謝っていた。その情景がかなの脳裏に焼きついている。

大好きな母が周りに気遣いをして頭を下げた。

それ以来、言葉を選ぶようになった。小さな心に、気遣いを灯してしまった。そのことを封印していれば《母と二人の生活、まんざらでもないな！》かなは満喫している。

母親には余計な負担をかけられない裕福でない家庭、そう感じていた。誕生日会に誘われても、プレゼントやコスチュームを母にねだれなかった。そんなことの積み重ねが、友達に疎んじられて、いじめられっ子になっていた。

父親参観日や父の日は特にいやだ。こんな日はないほうがいいと思っている。父親という言葉に敏感になっていた。かなにとって、片親を強く認識させられる仕打ちなのだ。

《なんでこんな日があるんだろう》とも思っていた。

《学校とは差別を強く意識させるところ》それが学校への思いだった。

裕福な子やＰＴＡ役員の子は親切にされる。そんなひいきを感じていた。かなは卑屈になっていたのだ。

「そうおじさん！　そうおじさんはいじめられたことない？」

宗太は、かなのあの行動はうすうすながらこれだと想像していた。

「うん！　そうだなあ〜、わしの子供の頃はな、み〜んなが豊かでなかったんだでさ。漠然とだがよ、今よりずう〜と仲間意識がさ、強かったんだと思う、そんなんだからさ、小競り合いや喧嘩みたいなことはあってもよ、小学生の時分には〜、いじめはな〜、なかったなあ。それよりさあ、わしはなぁ……」

って言いかけて口ごもり、《だめ、だめ、あのことは今言うべきではない》

「あっ、そう！　そんでよ、なんだったっけ？　そう、いじめだがよ、小学時代はそんな感じでさ、なかったんだがな、中学校はな、マンモス校でさ、一学年がよ、十二クラスもあってさ、五百人もの生徒がいたんだ。こんだけいっとよ、悪い生徒もいるんじゃ。意地悪っていうよりさあ」

　核心に迫っていく話に、かなは緊張を隠せないでいた。

それを察した宗太は一呼吸して、「大丈夫かい、かな！」と聞いた。

「うん！」

《自分のいじめがここに描き出てくる》と思うと、かなはドキドキしてきた。

「とにかくさ、まず乱暴でさ、暴力が先でよ、突然足蹴にしたりよ、背中や腹なんかをさ、殴ったりすんのさ。わしもやられてたんだよ。そんでもさあ、先生に、言いつけられないんだよな！　仕返しが怖くてよ、みんながさ、こんな感じでさ、口を閉ざしてっからよ、どんどん調子に乗ってさ、その暴力をさ、笠に着てさ、カツアゲ、そうカ・ツ・ア・ゲって知ってっかい?」

「ううん……知らない!」

「じゃあ、ゆすり、たかりって?」

「うん、それなら聞いたことある」

「うん、そのさあ、ゆすり、たかりみたいなもんなんだけんどさ、『金貸せ!』なんてさ、返す気持ちなんかねえのによ、要はさあ、暴力を振るわれねえようによ、しょうがなくてさ、渡していたんだがよ、今じゃ、恐喝罪だよな? それとかさ、今でいう商品券、当時はよ、学校の周りの文房具屋さんでさ、個々にさ、例えば、二十円のノートを買うとさ、おまけで一円の商品券みたいなものをさ、発行してたんさ。それをみんなから集めるっつ~かさ、ぶんどってさ、これだってさ、後が怖いからさ、くれって言われればさ、しょうがなくやっていたんよ。そんでさ、この集めた商品券をさ、今度はよ、十円分集めたらさ、現金に取り換えてくれってさ。銀行じゃねえっつ~の」

って話をやめて、自分でもおかしくなって笑いだした。

かなも、なにかわからないけど追随した。

《今、振り返ればよ、これって恐喝だよな、こんなんが複数いたんだからさ! だけどさ、笑っちゃうことじゃねえだけんどさ、なぜか、笑っちゃうのはなんだんべ！　歳ってこういうことかもしんねえな！　時が解決してくれるって、こういうことなんだべさ》

「お金に換えてくれって？　その生徒が？」

「そう銀行じゃねっつ～のよ、なあ！……今考えればさ、本当に犯罪だよなあ、そんなことがさ、中学生でやってんだからさ。戦後からだいぶ経ってんのにさ、時代、じ・だ・い・つ～かさ……《なんか、頭に血が上ってきたぞな。少し、休もうっと》……話は変わりますが」

って幕の代わりのような言い方をして、喉の渇きに《熱くなり出した語りを少しでも冷めさせなくっちゃ》と考えた。かなを覗き込むと、話にのめりこんでいる様子。

「かなちゃん！　喉渇いたんでさ、一服すっからさあ、いいかい？」

って言うと、

「……うん、かなも……飲む」

と言って、我に返った素振りを見せた。二人してリュックからドリンクを取り出し、喉に運んだ。かなは自分のいじめと重ねていた。しばしなにか思い出すように、遠くに目をやり、そのたびにドリンクを口にしている。

まるで、なにかにとりつかれている様子に、宗太はいじめがあの原因だ、と確信した。

《そういえばさ、いじめのニュースってさ、毎度同じシーンをさ、見せられんだけんどよ、当事者の先生?がさ、出てこねえでよ、教育委員会とやらの連中がよ、当事者面してさ、頭下げてんだけんどよ、なんでだんべかさ?　この進歩した時代でもよ、これってなくなんねえしさ、聞いてっとよ、陰湿でさ、低年齢化によ、拍車かけてるんじゃねえけ?　この国のよ、教育機関ってさ、劣化の一途をたどってるん!……いや、一歩譲ってさ、いつの世も、悪い奴はいるもんじゃ、って考えるべきなんかね。悪さも進化しているしな!まったく〜!》

「さっきの続きだけんどさ!」

ドリンクをリュックに戻しながら、話しだした。

「中学ではさ、そういう犯罪もどきのさ、乱暴者に、『金よこせ!』がついてまわってんのさ!　今風に言えばよ、ワルだよな。そんでもさ、そういうことはよ、知らず知らずのうちに先生の耳に入っていくんもんだよな!　先生もさ、そういう奴らにさ、目を光らせるようになってよ、現場を見つけたら最後、これでもかってさ、その生徒をさ、痛めつけんのよ。それをさ、はたでさ、見ていてざまみろってさ、留飲を下げるんさ。まあ、ごまめの歯ぎしりなんだけんどさ!」

「ご、ごまめの歯ぎしり……?」

「ああ、そう、ごめん!　ごまめってな、カタクチイワシの子供でさ、おせち料理なんかについてくるんさ!　とにかくちっこい小魚がさ、悔しがったってさ、敵には痛くもかゆくもねえって！　そう、手をこまねいて、悔しがるだけなんさ。つまりなんにもできねえで、歯ぎしりするってってことだんべさ！」

「ふ～ん、みんなの前で、やっつけてくれる先生がいるんだ！」

「うん、それがよ！　その手の先生はさ、体育会系出身でよ、腕っぷしはそりゃ強いからさ、多分そんなこんなでさ、生徒指導って立場になってんだろうけんどさ、今でいうボコボコにさ、やっつけてくれるんさ。当時はよ、生徒は坊主頭が決まりでさ、げんこつってやつでな、ゴツンとやるのさ。先生によっちゃ、遠慮しない怒りでよ、何度もゴツンとやるもんだからさ、たんこぶつ～の知ってるかい？　そいつをよ、いじめっ子はいつも頭に持ってんのよ。それに柔道なんかでさ、床にさ、たたきつけられてさ、ものすごいんさ！これをよ、みんなの前でさ、これ見よがしに、やるんだからさ、今だったら、先生、首になっちまうだろうになあ！」

「ふう～ん、みんなの前で！」

　かなは再度感心している。

「そう。お前たちもよ、こんなことするとよ、ボコボコにすっからさ、やっちゃだめだぜ！てな具合でさ。一罰百戒つう～やつだろさ！　見せしめなんさ。でもさ、やられた生徒はさ、その後改心するかと思いきや、まったく、直んねえのよ。元のままなんさ。少しは手加減するようになってもさ、これって、いたちごっこでさ。こういう生徒はさ、タチってヤツでさ、根っからワルだから、ショウワルって、あれだよな！　大人になってもよ、檻で暮らさないといけない人なんだろうさ」

「ふう〜ん、タチか？《中学ってもうすぐだ……》直んないんだ！」

困った顔を見せたかなに、

「そんでさあ、大人になって、わしがさ、そうーっ、子供のいる時分によ、同窓会があったんじゃよ。そんときよ、そのワルが来ててさ、みんなに過去のことを、責められていたんよ。そいつさ、みんなの前でさ、勢いよく立ち上がってさ、演説するかのようにさ、堂々と謝ったんよ。腰を九十度に折ってさあ、みんなびっくりしたんだけんどさ、びっくりでさ、笑いが出ないのよ。タチを知ってっからさ、笑ったらよ、なにされるかわかんねしさ。座がシラーッとなってよ、みんな笑えなかった。こういうことはさ、思い出としてよ、良くも悪くも残るんだけんどよ、やったほうはよ、そんなに重く感じてねえんでよ、皆には、『若気の至りで、申し訳ございませんでした』って、それで終わっちまうのさ。やられたほうはよ、ずうっと重く受け止めていてさ、長らく恨みに思ってんだけんどさ、こんなふうでさ、一件落着ってさ、腑に落ちねえけんどさ、これがさあ、現実なんだよなあ！」

って言って、フウッと息を吐き出した。そして続けた。

「こいつはさ、ひどいときにはよ、頭に三つものたんこぶ持っててよ、坊主頭にたんこぶでさ、目の上のたんこぶじゃなくてよ、頭にたんこぶなんさ！　それがよ、坊主頭で来ててさ、それがさ、あんときの傷あとが、どんなにか?残ってんじゃねえのかってさ、覗き込むわけにはいかなんでさ、想像したんさ……タチは直ってねえだんべしさ……」

って言って、一呼吸して、

「結局、頭の傷はよ、見られなかったんよ。無理に見てさ、気分害されたらなにされっかわかんねえしよ! それによ、あんなに坊主頭でさ、たんこぶくらっていたのにさ、大人になってもさ、坊主頭でさ、より人相が悪くなってよ、怖くて目を合わせられなかったんじゃ」

話し終わると、二人は顔を見合わせて大笑いした。

《頭にたんこぶか〜、先生もすごいんだ!》

かなは真剣な面持ちになっていた。時とともに時代は変わる。そんな時代でもいじめはあった。

「当時のいじめはさ、特定の人をターゲットにしたりしていないんじゃ! 悪ガキがな、不特定多数の生徒に悪さをするという構図なのさ! だからさ、できるだけ近寄らないようにしていたんじゃがな、そんでもやられちまったんじゃ!」

ただ、わかりやすいいじめだった。

《今じゃよ、ケータイやら、なんやらでさ、やり方がさ、陰湿だよな! 多くが、家庭に問題を抱えてんだろうさ。実際、家庭も教育も、社会自体がさ、劣化してんだよな。人間の社会なのにさ、生きた血がこの世に流れていねえよな！　そこに貧困が付いて回ってんだよ、生活に疲れていて、家族意識がゆるい！　これが現実なんじゃ！》

宗太は、かながこのことであの事件を引き起こしたのだと確信していた。

それとなく、「かなにもそんなんがあったん？」と、遠くに目をやりながら聞いた。

「……う、うん……」

少し口ごもって、

「そうおじさん！　かなは……かなは……いじめられてるの！」

かなは死のうとした、そのことを知っている宗太には話しておきたかったのだ。

かなは堰を切ったようにいじめを話しだした。ずう〜と、体にためていた怒りや怨念を、ここぞとばかりにぶつけていた。吐き出しては、時に大きく深呼吸をし、怒りや興奮を静めようと話を止めては、また深呼吸を、といった仕草を何度となく繰り返していた。

最後に、自分のふがいなさを責めては、大きな涙が今にも落ちそうになって、

「わたし……わたし……」

って言うと、死のうとした自分を思い出し、顔を両手で覆い声を出して泣いた。

宗太は、「うん、うん」と言って、泣いているかなを見つめた。

《どうしたものかな？》

想像をしていたが、そのことへのアドバイスは浮かんでこなかった。

「うん、そうか……そうだったのか！　そんであんなことをしたんだ！」

そう言って黙した。

体を戻すと、かなは泣きやんで、つぶやいた。

「そうおじさん！　ありがとう……！」

「うん、そうだよな……すっきりしたかい？」

「うん！　すっきりした！　聞いてくれてありがとう！」

宗太は遠くに目をやった。濃い緑の山並みが青空にくっきり浮かんでいた。そのコントラストは生命力にあふれている。

しばしの沈黙の後に宗太は口を開いた。

「先生は……かながいじめられてんの知ってるん？」

「ううん、知らないと思う……」

「どんな先生？」

「うん、とってもいい先生！」

「へえぇ？……そんな先生じゃ、いじめっ子のこと、話したら？」

「……ううん……」

と、かなは口ごもって沈黙した。

《なにやら、言えない事情でもあんのかな。そうだよな、言えなかったからこそ……》

宗太は、かなが口を開くまで待った。

「そうおじさん！　どう思いますか？」

「うん、なになになに……？」

「いじめっ子が三人いて、そのうちの一人はＰＴＡ会長の娘なんです！」

「へぇえ……会長の子か……そいつがボスなんね？」

って言って腕を組み、山並みの稜線に目をやった。

《先生にＰＴＡの会長……ひ・い・き……遠慮……忖度……》

宗太は先生には辟易なのだ。

《先生か……苦手だし、考えたくねえ連中だよなあ》

かなはそれを見て、

「そうおじさん！　かなは、今までは、こんなこと言えなくて、お母さんにも誰にも言えなかったの！　でも今、言えた……それでなにか勇気が湧いてきたみたいです」

先生で頭いっぱいの宗太は、

「うん！　わしも、あんまり先生は好きじゃねえけんど」

ってずれた言葉を発し、

「あっ、あっ、あっ、わしもじゃなくてよ、わしはだな！　かなはそうじゃねえって、いい先生なんだからよ、言いつけて、じゃなくてよ、言ってみなっせ！」

としどろもどろで、「うん！　それがいい！」と独り合点して、一呼吸置き、

「かなは、いじめをよ、言ってみなっせ！　いい先生かどうかだって、わかるっつ〜の、言ってみなっせ、言えるって！　こんなこともわしに話してんだからさ、我慢してばっかりじゃなくてよ、強さってさ、勇気を出して言ってみるのもよ、強くなるってことじゃねえのかな！」

しどろもどろを照れ笑いで隠しながら言った。

かなは、いじめのことをすっかり客観視できている。

《余計なこと言っちまったかな。いじめられていることを、かなは誰にも話してない。一人で背負ってしまった。先生にも、親にも、だから思いつめた結果の行動だった》

そういうことなんだと思った。

宗太はひと一息ついて言った。

「かな！　ありがとうなあ！　本当のこと話してくれたんだものな〜！」

宗太は頼りにされている自分がうれしかった。《久しぶりに人の心に触れた。人のためになるってことは、こういうことなんだべさ、神様、この子を救ってください！》

笑みを浮かべて、かなに目をやった。かなは積もりに積もった胸のつかえが取れたのだ。その顔には乙女の恥じらいが浮かんでいた。楽になったかながいた。なぜか二人は声を出して笑った。

かなは吐き出したことで、すっとしていた。小声でつぶやくように言った。

「そうおじさん！　なんだかわからないけどすっきりした……」

宗太は黙っていた。《話すことでこんなにも楽になったんだ》

かなは再度、「そうおじさん！　ありがとう、かなは強くなった気がする」と言った。

「そうだ！　強くなったんだよ！　こんなにもつらいこと、わしに話してくれたんだから、それだけ強くなったんだよ！」

《自分を客観的に捉えられた。当事者でいるときにはそれがすべてなんだよなあ、ど壺にはまっているということだ。そういうときは、もがけばもがくほど抜け出せない。自分にもあったっけ》

宗太は強く言った。

「かなは生まれ変わったんだ！」

「生まれ変わった？」

「そう、生まれ変わったんだよ！　ニューかなだ！　ほら！　リセットというやつよ！」

って軽い言い回しに、苦笑いでごまかした。

《ここへ来て良かった。なにかが変わっていく自分がいる》

「そうおじさん！　なんか、晴れ晴れしてきた！　力が湧いてきたような気がする！」

とかなは言った。

「心に雨が降るときゃあ～、いつか晴れると待てばいい～」

宗太はおどけた調子で言った。

「かなにはいつも雨が降ってたの！　だから心にカビが生えちゃった！　カビキラーが必要だったんだよなあ！」

「ワァッファッハー！」

宗太は自分が言った軽口におかしくなって、大声で笑った。

《カビキラーか？　いじめっ子にカビキラーだ！　こんな深刻なときに俺って……本当に、いじめっ子に、どうしたらいいんだろう。今日はいいにしても、先があるよな～》

いいアイデアは思いつかない。

《かなは強くなった！　決心している、自信も取り戻している。が、またいじめられたらどうするんだろう？》しばし思いをめぐらしていた。

「そうおじさん！　かなは決心したの、今度いじめられたら、その子をつかまえて、先生の前に連れて行きます。嫌がっても連れて行きます！」

自信に満ちた言葉だった。

「うん、それがいい！」

かなの決意に正直びっくりした。

《そうだ！　かなはできる！　これ以上悪くはならない。がんばれ、かな！　やってみる

べきだな》
「そうだ、それがいい！」と大きな声で再度、納得したように言った。
内心、《今どきの先生は、どうなんじゃろ……？》宗太にはその後が続かなかった。
《先生が味方になってくれるのか？》
先生にはいい思い出がない。特に小学校の先生には、ダメージばかりが残っている。

宗太は、娘の入学直前に伴侶を亡くした。それで、先に決まっていた小学校から、急遽、娘を宗太の母親に面倒を見てもらおうと、学校を変えた。小学一年生、田舎とはいえマンモス小学校だった。宗太も娘もこれからというときに母親を亡くして、精神的にまいっていた。

入学直後、我が子の家庭訪問があった。若い女の先生だった。宗太は、娘が母親を亡くしたばかりで、その旨を伝え、よろしくと言った。その返事が、「できるだけのことはしますが、なにせ、四十分の一ですから……」そんなことも重なって、結局母方の実家に娘を預けることになった。

「かな！　ちょっと待ってなあ〜」
と言って、リュックの中をごそごそと覗き込んでいる。

「たしか、ここに入れたはずなんじゃ」と独り言を言って、あったあったと取り出した。どことも知らない神社のお守りだ。

宗太は数年前に東京に行った。もう三十何年も会ってない娘の住んでいる町をたまたま知った。住所はわからなかったが、孫の小学校の名を知った。どんな町でどんな小学校か、ぶらっと訪ねてみた。その小学校を見つけて、東京の名門小学校と知る。

《あの子は母親に似て……たいしたもんだ……それと、そこで育ったおかげだ》

母方の実家は田舎ではあるが由緒あるお寺だった。急逝した娘の母に代わって子供を育ててもらった。

《こっちは子を捨てた者として、十字架を背負っちまった！　結果このありさまなんだ》

運命のいたずらか？　必然か？　宗太はこの不思議を頭の片隅にずっと置いている。

《きっと罰が当たった？》

「かな！　このお守りあげる！」

宗太はかなに、なにかを伝えたいのだがそれが出てこない。

このお守りはその町で買った。お屋敷とコンクリートの邸宅が混在した街並み。少し離れたところに神社があった。騒々しい街中に比べたら、人工的に作られた境内だが、塀代わりに植えられた木々が大きく育っていた。周りとの世界を隔絶している。山門を入ったところに玉砂利を敷き詰めた駐車場があり、車が数台止まっていて、今まさに境内に入ろうとしていたカップルがいた。宗太はこの神社のたたずまいが気に入り、中に入ってみようとしていた。カップルが背中を押した。その境内の札所で手土産にお守りを買った。そのお守りを思いついたのだ。


「そうおじさん！　ありがとう！」

かなはすんなり受け取った。淡いピンクに金糸で文様が入っていた。今風のお守りだ。孫を思って買ったのだった。かなは、リュックの金具にそれをつけた。

「そうおじさん！　どう！　似合ってる？」

とリュックを担いでポーズをとった。

「うん！　グッド、グッド、グッドだ～！」

とおおげさに言った。かなはリュックをずらして、自分の肩口を見た。

「うん！　グッド、グッド、グッド！」

と言って、

「気に入った！　そうおじさん！　ありがとう！」

と再度言うと、リュックを下ろしてそのお守りを撫でた。

《これは、そうおじさんが、守ってくれている》そう思った。

「よし！　やるぞー！」ってこぶしをあげた。

「おお、気合十分だな～」

宗太は内心不安でいっぱいだった。この元気なかなが、言った通りに出たとして、先生に期待できるのか、反撃に遭いやしないかと、悪い思いが浮かんでくる。

《かなは賢い、十分に自信がついた、本来のかなに戻ったんだろう。神に祈る気持ちとはこういうことなんだ。神様！　彼女に勇気を与えてやってください！》

勇気

かなは学校にいた。二時限目が終わり、トイレに立った。戻ってくると、机の上に置いたノートと教科書がない。
《またやられた……》
三時限目は担任の授業だ。かなは慌てなかった。何度もやられて慌てふためいていたのだが、今までのかなではなかった。いすに座ると、頬杖をついた。
《意地悪しているいつものグループは、きっとわたしが慌てないのを不思議がっているに

違いない》

そのままじーっと黒板を見つめていた。

《慌てて探し回った過去とは、おさらばだ！》

かなは相手を思っていた。《相手はわたしの動きに逆に慌てている》そう思うと、笑みがこぼれた。

先生が入ってきた。

「起立！　礼！　着席！」

そのとき、「先生！　話があります！」

担任はいつものかなでない様子を感じ取った。めったに挙手などしない、おとなしい子、それがかなへの印象だ。《にもかかわらず、手を挙げ、わたしを呼んだ》

「宮沢さん、なんですか？」

かなはごくりと生唾を飲み込んで、そしてハッキリと言った。

「休み時間に、ここにおいていたノートと教科書がありません。今日が初めてではありません！　もう何十回もこのようにされています。隠した人がいます！　この教室にです！」

教室はシーンと静まり返った。

「エッ！」って言ってから、徐々に先生の顔色が変わっていく、かなは落ち着いていた。

《先生はどう出るのだろう》

「みなさん！　みなさん！　……宮沢さん、宮沢さんの教科書を今から捜しましょう！」

先生は自分を抑えるようにやんわり言った。

かなは目星がついていた。が、《いつもの、いくつかのどこか》だから自分が見つけてしまっては、おもしろくない。《この際、徹底抗戦だ、おもしろくなってきた》かなは十分落ち着いていた。《こんな自分が信じられない、このお守りが効いているのかな？》

「先生！」

男の子が口を開いた。

「僕は知ってます」

「エッ！　山口君！　……どこに？」

「あそこにです！」

男の子は顔を真っ赤にして、指差していた。勇気を奮い起こしている。彼も被害者だった。だから加害者を許せなかった。

この男の子もいじめられていた。男のいじめは暴力的だ。足蹴にされたり、屈辱的な行為を強要されたりと過激だった。かなもまた、それを見ていた。

《山口君！　ありがとう》

かなのノートと教科書は、生徒のロッカー代わりのかばん置き場、その隅っこに無造作に突っ込まれていた。先生はそこに進んだ。それを手にした先生はかなの机に行き、「ごめんなさい！」って小声で言って、丁寧に戻した。

教壇に進み、横に立つと、

「この授業が終わったら、宮沢さん！　山口君！　先生のところに来てくださいね！」

そう言って、今度は強い口調で付け加えた。

「これを隠した人は、いいですか！　最後の授業が終わったら職員室にくるように！　必ず来るように！　いいですね！　必ずです！」

教室に先生の怒りが隅々まで届いていた。先生が正義の味方に見えた。

《こんな先生見たことない。もっと早く言えばよかった》

担任は国語の先生で、道徳も受け持っていた。女性でありながら、教務主任の地位にあった。いつも笑みを浮かべているのだが、毅然として近寄りがたかった。

《でも今日の先生は、ぐっと近づいた気がした。味方になってくれる》

淡々と授業が進みチャイムが鳴った。かなと山口君は先生のところに向かった。

「宮沢さん！　今日のことは許してください！　気がつかなかった先生を許してくださいね！」と言って、山口君に向かって、

「山口君！　ありがとう！　勇気があるのね！　今日のことは感謝しかありません！　ありがとう！」と山口君に笑顔を送った。

「ううん、ぼくは……」という山口君の言葉を遮り、

「そうね、山口君！　本当にありがとう！」って言って、クラスに戻るよう促した。

「じゃあ、僕は戻ります」と、山口君はその場を立ち去った。

《先生は、山口君がいじめられていることは知らないんだ》

「先生！」とかなは言ったが、担任はかなのいじめのことを聞き出した。かなはクラスの二人の名を上げ、そのボスがＰＴＡの会長の娘であることも告げた。女ボスは他のクラスの子で、周りに複数人の子分を従えていた。そのうちの二人がかなのクラスでの意地悪実行隊なのだ。

先生は聞き終わると、「ふうん……」って言って、「ＰＴＡ……木村さんが……？」

《言われてみれば……いつも、なかよしの仲間なのかなと……う〜ん？》

なにかを頭に浮かべている様子で、

「あっ、こんな時間！　もう授業始まってるわね！　宮沢さん！　先生には、私と話し合っていて遅くなったことを言ってくださいね。このことは後でまた話しましょ。さあ！授業に行きなさい！　犯人のことはまたお話しします」

かなが立ち去ろうとすると、

「宮沢さん！　気が付かなかったこと許してくださいね！」

って言って、笑顔で送ってくれた。

かなは、「山口君！　ごめんなさい！」と、言えなかった自分にそうつぶやいていた。

もう少し具体的に聞いてくれるかと思っていたかなは、喉につかえたまま授業に戻らねばならなかった。

教室ではすでに四時限目が始まっていた。かなは教室に一礼をして、先生に遅刻の理由を伝えて着席した。

算数の授業だが、身は入らなかった。すべてが上の空、そのうえ山口君のことが心配になっていた。彼は担任からの帰りにしょぼくれていた。その様子が見て取れた。担任の机はいろいろな書類が散らばっていて、かなの目にも忙しそうな雰囲気が見て取れた。

《わたしたちのことを、気に留めてくれる時間があるのだろうか？》

かなには素朴な疑問が湧いていた。

《日頃のいじめは山口君のほうが強く感じていたのかもしれない》と思うと、かなの頭は混乱していった。自分は死のうとしたが、運よく助かった。

《どうすればいい？》

昼食の時間が来た。給食当番が慣れた手順で配膳をしていく。いつもは担任の先生が一緒に食事を取るのだが、今日はなにかの理由で不在であることが伝えられた。

《本当にこの先生は忙しいんだな、この先生に期待しても……自分が強くならないと、どうにもならないかもしれない》

山口君のほうを見た。

《やはり元気がない。食事の後になにかが起きるのでは……?》

かなはさっきのことで責任を感じていた。

必死の発言だった山口君を《守ってあげたい! でもどうすればいいのかな……》そう思うと食事が進まない。《山口君もこのことを思っているのでは……気が気でなくなってきた》

食事が終わると、片付けが始まった。彼は食器を戻そうとしていた。

「やまぐちーっ! ちくりーっ! ちくりーっ! ちくりーっ!」と言うなり、いつもの数人が山口君を小突き始めた。山口君は食器を戻すと、これを振り払おうと廊下に駆け出した。かなも後を追った。いじめっ子の笑い声が遠ざかっていく。後を追っては来なかった。


校庭の隅にイチョウの木がある、その幹は太く枝が扇のように空を覆っている。イチョウといえば垂直に伸びて、立ち並んでる様が目に浮かぶが、この木は一本で包み込むように枝を広げていた。みんなが逆さイチョウと呼んでいた。

彼はこの木に向かって走っていった。根株に腰を下ろし、両手で膝小僧を引き寄せ、その膝の谷間にあごを挟んで上下に体を動かしている。

《つらい思いを忘れようとしている？　かなにもあった、もっと重く感じているのかな？》

後を追ったかなは、息を切らしながら山口君の前に立った。

「さっきはありがとう！」と言って隣に座った。

彼は、「うん」とうなずいたが、一点を見つめたまま、同じ動作を繰り返していた。

《なにか、言葉をかけたい》が、思いつかない。かなは彼と同じ姿勢を作って上下にゆすった。それを横目で見ていた山口君は、くすくすっと笑いだした。そして、

「かな！　ありがとう！」

かすかな声が返ってきた。一点を見つめた顔はそのままで、照れながらの言葉だった。

かなはみんなに、かなと呼ばれていた。その響きが呼びやすいこともあってか、皆がそう呼んでいた。かなはそれには抵抗はなかった。小さい頃からそうだった。山口君もそう呼んだ。お互いおとなしい子だった。自分から声をかけるということがなかったので、二人とも会話の機会はほとんどなかった。今回は、共通したことでこうしている。

かなは、《この大きな木が二人を包んでいる。そして、なにかができそうだ！》そうおじさんが寄り添ってくれたように、かなも山口君に寄り添おうとしている。

《山口君と友達になろう》そう決心した。二人なら、なんとかなるのではと思った。

「山口君！」と声をかけた。

「山口君！　友達になっていい？」

いじめられっ子同士のタッグの一歩だ。彼はびくっとしてかなを見た。

「山口君！　本当にさっきはありがとう！」

かなも彼の目を見て言った。彼の目に輝きがもれていた。

「うん、ありがとう！　でも……僕はだめなんだ！」

「だめって？」

「友達になれないんだ！」

弱々しく言った。

かなは理解できなかった。《どうしてなれないのか？　理由を聞くべきなのか？》自問自答している。

すると、そこにボールが転がってきた。

「なん～だ、かなじゃない！」

「あっ！　リナ！　こんなところで、なにしてんの？」

正直、行き詰まっていたかなにはグッドタイミングだった。

リナはボールを拾って二人の前に立った。

「このボールと遊んでるの！　だ～れも遊んでくれないから、一人でやってるの！」

リナは元気な声で言った。

リナは学校で一番の背高のっぽ、しかも二番手の子の頭ひとつ抜け出ている。だから、身長では先生と間違えられる高さを誇っていた。バスケが趣味なのだが、学校にクラブがない、コートもない、町のクラブはお金がかかる。そんな訳で彼女は学校にボールを持ってきては一人遊んでいた。

「かな！　こんなところでなにしてるの？」

リナはボールを抱えてかなの隣に座った。

「う、うん……」

はっきりしない返事に、彼女はボールを傍らに置いて、足を投げ出した。長い足がすうっとのびていった。

「かな！　どうしたの？　そんな浮かない顔をして？　……わたしたちは友達でしょ！」

リナはかなを覗き込むようにして言った。リナのそういう声にはハーフ特有のアクセントがあった。リナも昔はいじめられていた。というより差別されていた。


リナはこの小学校では唯一、毛色の変わった生徒だった。彼女がハーフということは誰が見ても一目瞭然だ。背が高く、浅黒い。まして顔の彫りが深い。母親か父親が東南アジアの人だろうと想像がつく。それに地方の小学校ときては、物珍しい目で見られるのが当たり前だった。どこにいても注目の的だったが、リナは二人と違った。

リナの母親は、とても気丈な女性だ。リナが泣いて帰ってこようものなら、幼稚園や学校に堂々と押しかけていった。いじめた子を先生から叱ってもらうことを先生に約束させる、そういう女性だった。異国での生活と子育てを両立させるには、パワーが必要であることを実践しているのだ。子のためには遠慮などしない、強い母だった。だから、リナは一人で遊んでいることも苦にならない。それでいいと思っている。

あるとき、かなの学校帰りに、いじめっ子をリナがやっつけてくれたのだ。かなはそのとき、「ありがとう」と言ったが、リナのパワーに圧倒されてろくなお礼もできなかった。翌日、リナのところに行って、「昨日は、ありがとう！」と礼を言うと「かな！　今度またやったら、わたしに言いな！」と頼もしい返事をくれた。

しかし、そのときはただそれだけで終わってしまった。リナの積極性は、奥手のかなにはついていけないと映っていた。《都度、リナを頼るわけには行かない》そういうことだった。

かなは、変わっていく自分が今ここにいることを感じていた。《リナがここに来たことは、偶然ではないかもしれない。今日は隣にいるリナをもっとよく知る機会だ》と思った。

「リナ！　わたしが意地悪されたのを山口君が助けてくれたの！　だけど、今度は山口君がやられてしまった！」

「ふうん！　山口もやられたの？　えっ！　えっ！　だけど、かなへの意地悪と山口をやっている奴は違うんでしょ！」と彼を覗き込んだ。

「うん、別々……」とぼそっと言った。

リナは、人を呼ぶときにさんはつけない。三歳までは母国で育った。母国ではファーストネームで呼び合う。だから日本でも姓も名も区別なくそうしている。四歳から日本で生活が始まった。慣れない日本での生活は、リナだけでなく、母親もストレスを抱えてしまった。父親の日本への帰国は、リナたちに特有な慣習の生活を強いることになった。

リナの母親はマリーという。マリーは裕福な家庭の育ち。母国では有数な大学を出ていた。マリーの国では家政婦が職業としてある。家政婦を雇うことは当たり前の国に育った。だから、掃除や洗濯や、子育てからも、手を汚さないでいられる。

マリーは母国語、英語、日本語、そのうえスペイン語が達者だ。大学を出て、母国に進出した日本企業に職を求めた。そのとき出会ったのが、リナの父親だ。その国で結婚をし、子供をもうけた。それがリナだ。リナは、母国での三年間は母親とベビーシッターに育てられていた。つまり、お手伝いさんがいた。

そんな家族が、古いしきたりが残る日本の田舎に帰ってきた。父親の実家は豪農だ。長屋門をくぐると、大きな母屋があり、左手には納屋と漆喰壁の蔵がある。右手にも納屋を従えていた。玄関は引き戸で、そこを入ると土間になっている。歴史を感じさせる大きな家なのだが、いかんせん畳の部屋ばかりで、マリーたちのいる部屋もプライバシーが保てない家だった。台所や茶の間はリフォームされていて、そこだけが真新しく白っぽい木板で覆われていた。年代を重ねた柱は黒光りして、妙なコントラストになっている。全体が暗い。南国の白壁と赤い屋根瓦の開放感たっぷりな母国の家に比べたら、大きな穴蔵の生活と感じていた。

マリーはすぐにホームシックになり、「帰る」と言い出す。が、夫が「我慢してくれ」と頼み込んでは、しぶしぶ生活を続けていた。マリーは慣れない掃除洗濯を仕方なくこなし、リナの送り迎えもしていた。

農家では、農繁期に人手がほしい。マリーもその一人と思って、親たちは見ていた。そんなマリーが熱を出して寝込んでしまった。そんなときの「こんな忙しいときに、寝込むなんて！」と言ったことが、爆発の要因になった。そしてお決まりのコースだ。異国の習慣、舅や姑との確執、子育てへの干渉、束縛された日常、母国が恋しい。仕事に子育てに、すべてに張りがあった母国での生活。それが今では、家政婦の生活。エリートお嬢様の生活は崩れ去っていった。夫に、この家を出て家族だけの生活をと頼み込むが、「長男だから我慢してくれ」と言うのみだ。

そして、意を決した。リナを連れて家を出た。異国に来て家出する嫁。だが、マリーは強かった。一流大学を出ている自負と語学に堪能な彼女は、すぐに職を手にした。もともと日本に来てすぐに、小学校から英語の補助教員を頼まれ、週に何回かの英語の授業を受け持っていた。英語はお手のもの、お茶の子さいさいだ。地方にあっても、グローバル化した企業ではマリーのような語学に堪能な者が必要とされていたのだ。

幸運がついて回っていた。しかも、会社が寮として使っていた一軒家を貸してくれることになった。多国語を話せる武器はすぐに重宝がられて、なくてはならない存在になった。自立したマリーは、夫がたまに会いに来るという通い夫の関係を続けている。もちろん婚姻はそのままだ。まして、夫には不満がない。夫が会いに来るときは、必ずお土産を持ってくる。その律儀さが日本人なのだと思っている。

リナは父親をサンタさんと呼ぶ。母親との会話ではいつも、サンタさんだ。もちろん本人を前にしてはパパと呼ぶ。お土産を引っさげては会いに来るパパを、リナは理解していた。両親とわたしたちを半分ずつ世話している、つらい立場なんだとわかってはいた。いつも帰り際に、「次はなにが欲しい」と聞くので、欲しい物を考えておく。それが、リナの楽しみでもあった。

「かな！　今日一緒に帰ろう！」

かなとリナは帰り道が途中まで一緒だった。

かなが、「山口君も一緒に帰ろう！」と誘った。彼はちょっと考えて、「うん、帰ろう！」

と同意した。じゃあ、ここに集合、と約束して教室に戻った。

六時限目が終わり、帰り支度をしながら、かなはいじめっ子をそれとなく観察していた。彼女たちが職員室に向かうことを期待していたのだが、それらしい動きはしていない。いつものように、群れて帰る素振りがあった。

《昼間のことは少しは効いているのかな～》

かなには目もくれようとしていなかった。内心かなは、ほっとしている。

《あれだけ強く言った先生の言葉を無視するのかな？　本当にわるだ！　先生！　あいつらを呼びに来てください！》かすかな望みをかけてはみたが、すぐにあきらめた。

そうこうしているうちに、山口君が捕まった。彼は廊下に出ようとしていたが、ランドセルを引っ張られ、教室の出入り口でいじめっ子に囲まれていた。かなはそれを見て、

「やめてよー！」とその中に割って入り、

「やめてー！　先生ー！　先生―！」と大声を出した。

かなは強くなっていた。周囲の生徒たちは、そのかなの立ち回りの変わりように見入っている。《こんな自分はどこから来たんだろう》

彼らは一瞬ひるんだが、「かなは～！　かんけーねーんだよー！　ちびー！」と言って、腕力で廊下に突き出されてしまった。小柄なかなは男子のパワーに為す術もない。

職員室に走った。

「先生！」と担任の机に行ったが、そこにはいなかった。

《先生は、待ってるはずではなかったか？》かなは混乱している。隣の席の先生に聞いた。

「打ち合わせの会合があるので、学校にはいないよ」

「そうですか？」

《それでは、最初から彼女たちには会えないじゃないか！　あの毅然とした言葉はなんだったのかな？　先生は、職員室と言ったが、はなっから来ないことはわかっていたのでは！》疑心が怒りに変わっていく。

かなは隣の先生に言った。

「先生！　山口君がいじめられてます！」

「どうした？」

「小突かれています！」

先生はびっくりした様子もなく、「ふうん……山口かぁ！」と言って、仕方なさそうに立ち上がり、教室に向かった。走るでもない、先生の動きに、《やっぱり味方になってくれないんだ！》と思った。

もう教室に山口君はいなかった。「宮沢！　いないなあー」と言って、けだるそうに窓辺に移り、校庭を眺めた。校庭は帰宅の生徒でごった返している。「宮沢！　山口見えるか？」かなは必死に捜そうとするが、見つからない。

「先生、見つかりません！」

動き回っている生徒たちは皆同じに見えてしまう。

「しょうがないなー、今日のところは、こんなもんか……」と独り合点して、「ところで、担任には話したの？」

かなはこんな感じじゃ、無理だと察した。

「はい！　わたしのいじめは、先生は知っています」

「君がか？」

「はい！」

「山口のは？」

「知らないと思います」

「ふうん、そうか！」

「じゃあ、担任には話しておくかー！」

と言ってから、いじめっ子の名も聞こうとせずに、「宮沢！　山口好きかー？」と軽口を叩いて戻っていった。

《まったく、親身ではない。はっきりしているのは、先生たちはこのことに積極的でないということだ。それに軽い》かなはむなしさを感じた。

「かな！　どうしたのー！」

リナが駆け寄ってきた。イチョウの木の下で待っていたリナは、いつまで経っても現れないかなを、心配して教室に駆けつけた。

「ごめん！　リナ！　山口君が、山口君がいないの！」

帰り際にいじめられたことを、リナに話した。

「かな！　先生には言った？」

「う、うん……」

かなは、なんて言っていいか迷った。

「なに……それ……かな！　どうしたん！　友達でしょ！」

リナは語気を強めた。

「うん！　リナ！　かなのことは先生知っているけど、山口君のことは知らないの？　今日、言おうとしたんだけど、伝えられなかった。時間がなくて、後回しにされちゃったんだ」

早口で言った。

「ふうん、そんなもんか？　まったくー、頼りにならない先生ばっか！　かな！　どう思う？」

かなは困った顔をして、リナを見た。リナは、にいっと笑ってかなにウインクを返した。

リナの先天的な陽気さに、かなは白い歯を見せた。

「リナ！　ありがとう！」

「はあ、なによう〜！　それ！」

リナは、かなのありがとうに期待されているものを感じていた。妙な返事だが、お互いの信頼感が深まっていくのを感じている。

《いじめっ子をやっつけるのは簡単だ。どんな手を打とうか？　先生に掛け合うか、自分で決着するか？》どっちにしろ、リナは自信満々だった。


山口君が息を弾ませながら駆け込んできた。

「ハァー、ハァー、ハァー……ごめん！　遅くなっちゃった！」

「山口！　どうしたのよー！」

リナは心配した分、強く言った。

「あいつらから、逃げ回って隠れていたんだ！」

彼はリナがイチョウの木の下にいたのは見えたが、そこに行くと見つかってしまう。しばらく潜んでいた。そのため、彼らをやり過ごした後に行ったが、いない。そこで教室に戻ってきた。

かなは、「山口君！　大丈夫？　山口君がやられているときに、先生のところに行ったの。

でも、先生はいなかった！」と言った。

「山口！」

リナは割って入った。

「あいつら、毎日、いじめてるん？」

「うん、大体毎日……」

「そうか、じゃあ、明日もやるってことー！」

「うん、たぶん」

リナはなにかを決めた。

かなは「帰ろう！」と声をかけて、昇降口に向かった。

かなの下駄箱には片方の靴のみが残されていた。まさか、今日だけはなにも起こらないと思っていたのに、《ああ、やっぱりかー！　やられた！》思いを覆された。

結局、だめだったのだ。《懲りない、でもわたしたちは強固になってきた》

リナ、山口、かなの三人で靴捜しだ。

《自分のことでこんなにも協力してくれている。一人じゃない》

かなはなにか通い合うものを感じて、うれしくなってきた。なんだかわからないが、気持ちが軽い。山口君も心なしか楽しそうだ。

《三人寄れば文殊の知恵か？　こういう時に使う言葉じゃないな……リナは鬼に金棒だ！

強い味方を得た》かなはそんなことを思い浮かべながら靴捜しをしている。苦にならなかった。《今日は、いつもと違う》かなは強くそれを感じていた。

「かな！　これじゃない？」

山口君がスノコ板の下に隠されているのを見つけた。彼女らはどこかに放り投げたりということはしない。必ず見つかるように隠すのだ。《これが意地悪というもの》とかなは理解している。《もし見つけられなかったなら、大ごとになり、それこそ問題になる》それは、避けているのだ。

《敵も考えているんだな～》とかなは思った。かなに客観的にものを捉える目が芽生えてきていた。帰路の足取りは皆、軽かった。

リナは、毛色が皆と違っている惨めさを、ずっと味わってきていた。

「大女！　大女！」「うざい！」と悪口を何度も叩かれた。それでも陽気なリナは、そんな相手にも積極的だ。自分が遠ざけられていることなどお構いなしだった。

《それがどうだっていうの！》

「山口君！　さっきのことだけど～……」とかなが問いかけた。

「な～に？　なんだっけ？」

「うん！　山口君言ったでしょ！　友達のこと……」
「あっ、そうか！……ぼくは……家の手伝いがたくさんあって遊べないんだ！　妹の世話とかぁ、お父さんの手伝いをしなきゃならないんだ！」

彼の家は代々の魚屋で、町の中心街にある。お店が立ち並ぶ、どこにでもある町並みの一角だ。しかし、すでに旧市街と呼ばれて久しい。そのせいか、郊外に広がっていく住宅地や新しい店舗に客を奪われてしまっている。その上、駐車場を備えた郊外の大型マーケットに押されて、周りにはシャッターを閉じたお店が増えてきていた。

父親はお店を閉めようとも思ったが、代々継いできたお店。それにお得意様には、やめないでくれと懇願されている。皆、近くのお年寄りなのだ。せいぜい自転車に乗れるか、歩いての買い物しかできない人たち。そのために、やめられない。父親は、もう少しがんばってみるかと続けている。母親はパートに出ていた。その時間が不規則のため、彼は家事の手伝いをしている。

「なあんだ！　そんなことなの！」
と軽く言ってみたが、《家庭の事情は難しい。時間がないんだ……でもそういうことではないのになあ～》

「ううん……山口君！　そういうことじゃないの！　うちに帰ってから遊ぶことじゃないの！　なんていうか……」

かなは詰まった。

「山口！」

リナが口をはさんだ。

「そんなこともわかんないの！　山口！　こっちも仲間になって、あいつらに対抗するの！　そういうことでしょーっ！　かな！」

「うん！　そうなの！」

リナの単刀直入で独特なアクセントに、顔を見合わせて笑いだした。

山口君は、「うん！　そんなら大丈夫！」と言って駆けだした。照れている。彼は友と呼べる者を持ったことがない。うれしさのあまりの行動だった。

彼女たちも後を追った。

「山口！　ストップ！」

リナが声を出した。彼はベースに滑り込む格好で止まった。二人が駆け寄り、輪になった。腰を折り、両手を膝に置きながら息を荒げていた。

「山口君！　じゃあ、三人は友達ね！」

「うん！　わかった！」

リナが手を差し出した。かなも添えた。リナは、もじもじしている山口君の手を強引にその上に乗せた。

「山口！　約束だぞ！　エイエイオー！」

と関の声を上げ、皆大声で笑った。

翌朝、かなは担任からいじめについてなんらかのコメントがあるのでは、と期待していた。先生はいなかったが、あれだけ強く「職員室に」と言ったそのことは、かなの頭から離れずにいた。先生が着席して、みんなを見回した。にこっとして、近づいてきている夏休みの過ごし方や、休み中の課題を毎日少しずつやることなどを、ずらずらと話した。それに加えて、外に遊びに行くときには親に必ず行き先を告げてから出かけるように、街には不良や変な大人がいるから注意することなどなど、通り一遍の話だ。
《そうおじさんも、変な大人になるのかな？》
最後に、先生がきっとした姿勢になった、
「昨日は……」とかなの事件を話しだした。
《やっと話してくれそうだ。忘れてはいなかった》
ほっとした、かながいた。

友達

担任は、山田智子と言う。希望に燃えて先生になったが、なり立てにはご多分に洩れず、挫折を味わっている。赴任してまもなく、同輩が夢破れ去っていく姿を見聞きしては、自分はいつまで持つのかというサバイバルの状態になった。モンスターペアレンツ、これは聞きしに勝るものだ。女性では無理なんではと、何度も思った。

生徒との関係も、大学の教育実習の時とはまったく違う次元であった。甘かった自分が見えてきてしまう。それに、教育とはかけ離れた雑務。これに余計な時間をとられてしまうのだ。生徒に関わる時間よりも、雑務が多くては、本来の教師は演じられないと躓きだした。多岐にわたる義務と責任を被せられる日々、ひしひしと重くのしかかっていった。真剣になればなるほど、抜け出せない。このようなことは、わかったつもりでいたが、やっぱりストレスは解消されず、問題を抱える日々の連続は、心身ともに痛手を被っていった。辞めていく先生方は、皆、教育というものに真摯に取り組んでいた人たちなのだ。それが逆に、心身症やうつ病といった精神科の病に侵され、自分もこの仲間入りかと、そこまで思いつめていた。

理想と現実のギャップは、純真な若い教師を辞める直前まで追いつめていた。が、両親の支えもあって、その試練を乗り越えた。先生の今日は両親あっての存在だったのだ。

父も母も教育者だった。両親の的確なアドバイスは、若い先生にとって藁をもつかむご託宣になっていた。それを乗り越えると、先生独自のやり方が少しずつ構築できてきた。その上、現場に自分の居場所があることに気づき、それを実感できるようになった。徐々に自信もついてきて、モンスターペアレンツへの対応は男性より女性のほうがうまくいくこともわかってきていた。時間とともに、こなれてきたのだ。生徒の扱いもまずまずだ。とにかく、仕事がうまくこなせるようになってきた。

これも両親のおかげと感謝している。理想は理想、現実は現実と、その乖離をきっちり見定めることができている。要するに、丸くなった自分が日本の教育政策に乗っかっている、教師とはそういうものと、理解してきた。現実を直視することができてきたのだ。

「宮沢さんの教科書を隠した人は、このクラスの人なのでしょう！　先生はこのクラスには、いじめという行為は今までないものだと信じてきました。宮沢さんのことは、とても残念です。あのとき、職員室に来るようにと言いましたよね！　先生は用ができて外に出かけてしまったのですが、訪ねてきた様子はなかったのです」

かなは核心に迫っていく雰囲気に、緊張ぎみだ。

「山口君の勇気ある態度は、立派でした。あのとき教えていただけなかったら、授業を中断してでも教科書捜しをしていたでしょう。そのあと、先生の気持ちとすれば、犯人捜しをしたかもしれません」と語気を強めた。

《いよいよいじめっ子を追いつめていく》かなは、どきどきしていた。

先生は周りを見渡して、

「いじめている子はいじめられている子の身になって考えてください！　いいですか？　今後は、どんな小さな意地悪でも、許しませんよ！　今度このようなことが起きたら、クラス全員で犯人捜しをします。放課後、残ってやりますからね！　いいですね！」

一呼吸置いて、教壇の椅子から立ち上がり、

「今日ここで、犯人捜しはしません。が！」

と言ってぐるっと見渡した。

「今後、二度とこのようなことが起きないように、皆さんを信じたいと思います。わかりましたか？　先生に残念な思いをさせないでください！　最後にもう一度言います！　今度、このようなことがあったら、容赦はしませんよ！　ここに立って、皆に謝まってもらいますからね！」

と生徒にキッとした顔を見せて、椅子に腰かけると、不揃いの書類を両手にし、トントンと机で揃えて、「夏休みまでには少しあるから、勉強はしっかりするように！」と言って出ていった。

かなは、いじっめっ子に謝らせるところまでを期待していた。

《それは無理というものか？　二人の名を告げたのに、先生はその子を個別に呼べなかった。なんでだろう？　うまく取り繕った？　これで、いじめがなくなるんだろうか？》と思った。

が、先生は、女子のいじめは《このクラスでは二人、ボスは二組のＰＴＡ会長の娘、これをなんとかすれば群れを解散できる！　この忠告で必ずやめるだろう》と、自信があった。

かなは複雑な思いだった。もう少し突っ込んでもらいたかった。あの毅然とした態度なら、必ずいじめっ子をやっつけてくれると想像していた。さっきの緊張感はなんだったのか。損をした気持ちになっていた。やるせない気持ちに、山口君に目を移した。彼は、特別がっかりした様子もなく、普段と変わらない様子だった。

《先生の話は、かなのいじめが主体……だから、山口君は……？》

かなは本来一番前の席なのだが、目の悪い子に譲っていた。小柄なかなが後方にいる。一年から四年まではずっと指定席の一番前だったので、チョークの粉や先生のつばが降りかかるという被害に閉口していた。だが、今、それからは解放されている。前の子たちが自分より大きいので、黒板が見えづらい。ただ、それだけを除けば、クラス全体を見渡せる。

いじっめ子もこの範囲内にいて、後ろからなにかをされるということだけはなくなった。いじめている子はわかっている。

《わたしへのいじめっ子二人は、先生の話を凝視していた、あの態度は大分効いている？》

山口君は前から二番目の席だ。天敵は全員後ろなので、標的になりやすい。その男三人組を見ていると、特段、すまなそうな態度にも見受けられなかった。

《つまり、男子のいじめでないと思っているんだろうか？　山口君は、やられ損だった。こんなんで、いじめはなくなるのだろうか？》また、不安が持ち上がってきていた。

でも今日は絶対大丈夫。

まだ、さっきの熱気が冷めやらない、今日こそ何事も起こらない一日が過ごせそうだ。一日の授業が終わって、山口君と廊下に出た。リナが走ってきた。皆、立ち止まった。

「かな！　どうだった？」

「うん、この前のこと、先生が話してくれたの」

「それで！」

「かなも山口君も今のところはぜんぜん大丈夫」

「そうか……よかった。わたしの出番かと思って、来たの！」

「うん……」

かなは心なしか元気がない。

リナは、「かな！　うれしくないの？」と聞いた。

「ううん、そんなことない！　うれしいよ！」

「ふうん、それにしちゃあ、暗いよ！」

「暗い？」

かなは駆けつけてくれたリナに見透かされた。

「かな！　本当のこと言って！」

「ああ、リナ！　わたし暗い？」

「うん、暗い！　なあ、山口！」と山口君に振った。

「うん、リナ！　……かなは少しがっかりしてんの！」と山口君が言った。

「がっかり！　なんで？」

「先生は犯人を謝らせなかった、今度やったら見つけ出すと言って、今回はパスされちゃった」

かなは先生に告げた二人の名は伏せていた。

「ふうん……」

リナも腑に落ちない様子を示した。それでも、

「それで、元気がないの！　かな！　山口！　三人で帰ろう！」

ぞろぞろ歩き出しながら、

「今度やったら、わたしが許さないから！……ワハッハハアー！　先生より、わたしが許さないよ！　絶対謝らせてやる！」

リナはかなを元気づけようと明るく振る舞った。

「リナ！　ありがとう！　来てくれたのに、ごめん！」

「そんなにがっかりしないの！」

そうは言ったものの、《ディスアポイント、か～》リナは先生のことを考えていた。

《なんで犯人を捕まえてくれなかったのかなあ。山田先生は他の先生よりえらいのでは？期待はずれだったんだ。先生にも事情があるんだろうけど……》

先生は職員室に戻ると、すぐに二組の担任に会った。このことはクラスを飛び超えていて、ボスの配下が全クラスにまたがっている。二人は席を立ち、落ち着いて話せる場所に移動した。

担任には自分のクラスのことを事細かに話して、二人がボスの配下であることも告げた。担任は山田先生にどうすれば最善かアドバイスを乞うて、指示を仰いでいた。

山田先生は、直接親御さんというわけにはいかないだろうから、まずは本人と接触して事の把握から、と。そのときの本人の改心が聞ければ、その約束を取り付けてみたら、ということを話した。担任は「やってみます、結果はまた話します！」と言って、別れた。

リナは優秀な子である。優性遺伝というやつだ。両親の良いところをもらって生まれてきた。本人は特別、学業に精を出しているわけではないのだが、各教科には目を見張るものがある。それにスポーツ、音楽、また絵画など、すべてに秀でていた。だから、通知表は最高のポイントが並ぶ。特段勉強らしい勉強をしなくても、授業中の先生の教えと教科書だけで、理解し記憶する。家に帰ってから、あらたまった学習などはしない。ただ、寝転んでは教科書をよく読んでいる。だから、多くの子が塾に通っている姿を不思議に感じていた。学校が終わってからなぜ、また勉強しに行くのか。こういう文化の国なんだと思っている。リナの生まれた国には、そういう慣習はない。皆、図書館で自習する。

自宅では英語でやり取りをする。母マリーは、今の職に就く前に、英語の補助教員をやった。全国で小学校から英語教育をというスローガンのもとに始まった英語の授業を、生の英語で生徒に教える、そのための代用教員だ。マリーは内心、こんな程度で英語が話せるようになるのかと、疑心暗鬼でいた。ただ、この国では、自分が英語で雇われたように、英語が重要な教科なんだと悟った。だから、自宅での会話は英語が主体だ。リナは家での会話はすんなり受けてたっている。しかし、一旦外出すると、その会話は母が英語で、リナは日本語というちぐはぐな疎通をしている。母は、それでも根気よく英語を使うのだが、リナは頑として応じない。リナはなにかを感じ始めている。

リナは英検の三級合格者だ。母が教員時にこの仕組みを知った。いきなり三級を受けさせてみたら受かった。チャレンジさせたときの感想がおもしろい。試験官との実践英会話がある。試験官の発音が悪くて、聞き取れない。そこでこちらから、もう一度質問をお願いしますと、流暢な英語で聞いたら、単語を一句一句発音したので、余計聞きづらかったと、帰り道で母親と大笑いした。小学五年の三級は誇っていいのだが、そのことにリナはいっさい触れたりしない。そんなことを告げたところで、なんにもならないことを知っている。賢い子なのだ。だから誰も知らない。

宗太はここに来てしまった。居ても立ってもいられなかったのだ。

昨日は仕事が手につかず、落ち着かない一日を過ごしてしまった。今日はさっさといつもの仕事は切り上げて、《洗濯は後回しだ》きれい好きな宗太には珍しいことだった。滅多なことでは、洗濯をパスすることはないのに、いかんせん、かなへの心配が募ってきていた。生来心配性の宗太には《もう我慢がならない》ことだった。

かなの決意は固かったが、どうにも、想像できない。どんな展開が待ち受けているのか、ただそれが心配だ。

《かなは強くなると言っていたが、いじめっ子はすんなり引き下がらないだろう》

そう思うと、日曜日まで待てなかったのだ。

《様子を探ってみっか！》

内緒で来てしまった。

たどり着くや、低学年の子供たちが昇降口から、わあっと出てきた。校門に向かって走り出す子やじゃれ合う子で、騒がしい。かなはチビだが、こんなには小さくないなあ、と思っている間に、校庭は静かになり、潮が引くように誰もいなくなった。

「いつから、こんな風になっちまったのかなあ？　さびしい校庭じゃ！　早く帰れってことか！」宗太はつぶやいた。


《終業時間と同時に校庭を出る。俺たちの時代には、放課後の校庭は子供たちの歓声でにぎやかだった。それに家に帰れば誰かはいた。婆さんか爺さんがいた。核家族に共稼ぎが多いじゃろに、こんなに早く帰って、誰か待ってんだろか？　鍵っ子で、一人留守番なんて！　大変な時代になっちまったなあ。だからこそ、学校は安全な場所として開放すべきじゃねえのかな！　みんなで遊ぶことが子供の仕事じゃねえのか。子供たちの自由な時間までも奪っちまった学校じゃ不登校も起きるよな〜。自由時間が社会参加への入り口なはずだろに！　校庭の砂埃が元気な源だったんだよ。そんな経験をしたわしだって、こんなざまなんだぜ。帰宅を急がせる理由って、なんなんだべさ、都合のいい責任逃れだよな！

閑散とした校庭には、未来はないやな！　やさしさや思いやり、な～んてみんな、建前に見えちまうよな。学校はなにを育むところなんじゃろ？　放課後の校庭は子供同士が触れ合う場所、摩擦があって当然だろが。無菌室で育てようとするからだめなんじゃ。そこで培われた経験ってものが、社会に出て役に立つんだろうに！》

　宗太は自分の小学時代を追憶していた。

《かなは五年生だ。ということはまだここにいる。今日はじっくりここから観察だ》と思ってはみたが、自転車に老人、その上、ポロシャツじゃあ、怪しい者に見られてもおかしくない格好だ。きょろきょろすればなおさらだ。

《あと何分待てばいいんだろう？》

　宗太は校庭が見える位置から、通りを見渡せるところまで、とりあえず移動した。

《みんなが変なおじさんと見るだろう》宗太には屈辱なのだが、《仕方がない、この風体ではそう思われても当然だ》だから納得済みだ。

　あと一時間くらいかな？　少しぐるぐる回ってみようと、辺りを詮索にかかった。川に土手、流れる水は清らかだ。自分が幼い頃に川遊びをしたふるさとにそっくりだ。その脇の小高い山を切り崩し、開いた学校だ。町の東の小学校といえばここしかない。

　この川が街の中央を横切って南に流れていく。宗太の家のそばを流れる小川も、この川に合流するのだ。この道は大通りから一本中に入っていて、人通りは少ない。だから、宗太の姿はよく見通せてしまう。この通りに校門があって、そこを出入りするはずだ。裏門もあるが、駐車場が常設されていて、先生たちが出入りに利用している。
周りは住宅が点在しているが、まばらだ。で、学校の塀は石垣の上にフェンスがかかっていて、その内側が生垣になっている。入ろうと思えばどこからでも入れてしまう、田舎の小学校はこれでいいんだ。のどかな小学校だ。
《こんなにも自然いっぱいな小学校なのに、都会のぎすぎすした人間関係をそのまま持ち込んでしまっている、都会も田舎も関係ないんだ、そういう時代になっちまったな。いいんだか、悪いんだか。そろそろ出てくる時間だ》
宗太は自転車を離れたところに置いてきた。物陰から、自分が見つからないように目を凝らした。

高学年の生徒たちがぞろぞろ校門から通りに出てきた。宗太は目を見開き、かなを見つけようとしているが、それらしい子は見当たらない。反対方向に行く子供たちとこちら方向に来る子の両方に気を配っていた。どちらに行くかは知らないのだ。結局一団が去って、校門からの人が途絶えた。
《おかしいなあ〜。ここの学校ではないのかな？　あの街角から、かなが帰っていった方角は間違いなく東だった。かなを見落としたかな。たしかに同じような子ばかりだが、か

なの髪は長い。まさか切ったりはしていない？》

宗太は少し自信をなくしていた。《自分の思い違いだったかも……》盛んにあのときを回想していた。《生徒は全員退散か〜、的が外れたかな、残念、今度会ったら学校を聞かなくっちゃ……》自転車を取りに歩き出した。

三人は校庭に出た。もう校庭は閑散としている。人影はなかった。真ん中がリナ、その両側にかな、山口君。でこぼこトリオの三人が歩いている。

かなは、《リナは頼もしい姉様》そんな風に感じてきている。かなもリナも兄弟がいない。一人っ子同士で息が合ってきた。

山口君には妹がいるが、姉はいない。《こんなにしっかりした姉さんがいればいいな》と密かに思っている。

リナはリナで、面倒見がいがある妹弟ができたと感じている。

リナにとって学校は退屈な存在だ。突出しているがために、親しい友達はいなかった。リナが積極的になればなるほど、友は引いていくという構図である。密になることを恐れる社会になってしまった。薄っぺらい人間関係、これが現実だ。だから、リナはそれ以上追いかけない。自分のせいと思っていたのだが、だんだんに、そうではなさそうだと漠然と感じてきている。この三人組は、背の丈はでこぼこだが、頼りにされているリナは充実していた。本当の仲間ができたと思っている。

《これが親友というものかな》

三人がそれぞれ、強い絆を感じていた。校庭を横切り校門を出た。

宗太は、自転車でもう一度校門を目指そうとしている。学校に残っている生徒を確認したかった。走り出すと同時に、三人組が目に入った。急ブレーキをかけて、横道に滑り込んだ。自転車を止めて、恐る恐る通りに出た。心臓が高鳴っている。彼らに見つからないように物陰に潜む格好で、三人を凝視した。

《かなではないか……》

真ん中の大きな子に時折、顔を向けながら、楽しそうに歩いている。長い髪が揺れていた。

《かなに間違いない》

三人の会話が大きくなってきた。笑い声と、弾んだ声が通り過ぎていく。宗太は身を隠すようにして彼らを送った。

《なんてこった！　たしかにかなだ！　あんなに元気になっている、良かった……。しかも三人組、仲間ができたのかな？　まずまず、これで一安心だ、今日はぐっすり眠れそうだ》安堵の吐息をもらした。

《三人は楽しそうだったし、弾んでいた。今度こそ大丈夫だ。心配は杞憂に過ぎなかったかな？》

自転車をこぎながら思いをめぐらしていた。

《かなの反撃がうまくいった。あの調子なら次の日曜日まで問題なさそうだな。会ったら、どんな展開だったのか聞いてみよう。楽しみだ！》

自宅に戻るや否や、宗太は遅い洗濯にかかった。洗濯をやめてまで駆けつけたが、取り越し苦労だった。かなの元気な姿を見て、こっちも元気になっている。

《こんなに気持ちよくできるなんて！　だからこれを片付けて、おしまいだ！》

いつもより力を感じる。

《気持ちって大事なんだよな！　わしも捨てたもんじゃないな……》物干し場に引っ掛けては、両端を引きのばしの繰り返し。《かなもわしのハンカチを引っ張ってたっけ》

西に傾きかけた陽の光に洗濯物が少し赤みを帯びていた。《このままじゃあ～乾かねえだろうな、陽が落ちる前に取り込まなきゃ！》

一段落して、ほっとした自分が見えてきた、そして苦笑した。

《なんて俺は気が弱いんだろ！　あそこで声をかけていたら、どうなったのかな？……うん！　あれで良かったんだ、余計なことにならずに済んだんだし、とにかく、次回が楽しみだ。いろいろ聞いてみんべさ！》

山田先生

「宮沢かな！」

「はい！」

今日は金曜日で、一学期の終業式だ。担任から一人ひとり通知表を受け取る。山田先生は名前を呼んでは、大切そうにこれを渡す。先生自ら起立して、教壇に生徒を呼び上げ、机に置かれた通知表をその都度渡す。良かった子も悪かった子も必ず声をかけながら笑顔で渡す。だから、生徒たちは内心やばいと思っていても、先生の笑顔に救われる。かなも山田先生はわたしたちの前では平等に扱っているのだと感じている。

かなは、通知表を受け取ると、言った。

「先生ありがとうございました、今はいじめられていません！」

《ここでこれを言っておけば、念押しになる》

「あら、宮沢さん！　そうでしたね！　先生もそうなると信じていました。皆さん！」

と教壇の隅に移動した先生は、

「あの事件以来、いじめはありませんよね？」

と言って、入り口のドアを閉めに行った。教室内をグルッと見渡して机に戻り、中断していた通知表の手渡しを開始した。

《さっき、先生は、なにを言おうとしていたのかな?》

かなは山口君のことを期待していた。隣の席の先生は山田先生にきっと伝えたはず。

《だって言っておくと言ったんだから》

かなは山口君へのいじめが終わっていないことを先生に伝えたかった。

通知表を手渡し終わると、「さて、皆さん! これから夏休みが始まります。さっき言ったことは必ず守ってくださいね、いいですね! 約束ですよ! じゃあ、これで終わり」と言って、「起立、礼」をして席を立とうとしたが、「ああ、山口君! 山口君! ちょっとお話があります」と山口君を呼びとめ、教室に残るように言った。

《先生はあのことを聞いてくれる》かなは瞬時に悟った。

自分も話に加わりたかったのだが、山口君以外は退席するように言われたので、仕方なく廊下に出た。

中の様子を見ようとしたが、《廊下に一人じゃあ、なんかな》と思い、昇降口で山口君を待つことにした。

リナがやってきて、声をかけた。

「かな! 山口は?」

「うん、教室に先生といるの」

「先生？　なんで？」

「うん、たぶんいじめのことかなあ〜」

「ふうん〜、そうだといいねえ。がんばれ、山口！」

とリナは声を出して言った。二人は顔を見合わせて笑った。ほっとした気持ちがそうさせたのだ。靴を履いて入り口の階段に肩を並べて座った。

「リナ！　先生は味方してくれるかな？」

「なんで？」

「あの三人のうち、一人はお父さんが校医なの」

かなは難しそうな顔をして言った。

「校医！　誰？」

「佐藤君！」

リナはその背景を想像している。

《先生とＰＴＡ、校医、皆やっかいな連中だ。佐藤の親父は校医か……》

「かな！　佐藤はなんで、いつもあいつらと一緒なの？」

と訊いた。佐藤君と他の二人は明らかに雰囲気が違っている。誰が見ても裕福な家庭の子としか見えない佐藤君、いつも二人の後をついて回っていた。かなは、

「うーん……わからない……の」

それは言えない。

と言いながら、内心《お金をせびられているのではないかな》と思ってはいるのだが、

「たぶん……言うことを聞かないといじめられるのかなあ……やっぱりわからない！」

と言って、「リナはどう思う？」と返した。

「あの三人が一緒にいるのをときどき見るけど、佐藤は楽しくない顔をしているよ、仕方なさそうな顔をしてくっついている。ひょっとしたら、あいつもいじめられているのかもしれないな」

リナは確信めいた口調で言った。

「きっとそうだよ！　そうなんだよ、きっと！」と付け加えた。

「かな！　そう思わない？」

「うん、そうかもね、ほんと、佐藤君はいつもつまんない顔しているもん」

かなも佐藤君は他の二人とは違うのではと感づき始めた。

《そう言われてみれば、佐藤君は仕方なくやっているように見える。つまり、被害者なのかもしれない？　なにかあるんでは……》と思った。

「かなーっ！　リナーっ！」

山口君が廊下を走ってきた。下駄箱から靴を取り出して足を突っ込むや否や、砂埃を立

てながら駆け寄ってきた。息を切らしている、弾んだ声だ。

「先生が！　先生が！　……いじめっ子の名前まで聞いたんよ！　それと！　え〜と、それと！」

「うん、それで？」

リナは、「山口！　落ち着け！　ゆっくり話すのっ！　靴をきちんと履いて、山口！」と半分はみ出している足を指差しながら、「落ち着いてー！」と再度言った。

彼は深呼吸して、興奮を冷ますかのように、胸をこぶしで二、三度たたくと、ごくりと生唾を飲み込んだ。そして言った。

「先生は、いじめっ子の三人の名前を聞いてくれて、気付かなかったことを謝ってくれたの。えーと、それから、五年になってから何回も暴力を受けていたことも聞いてくれた。最後に、夏休み中にこんなことがもしあったらと、電話番号を教えてくれた。本当に良かった！」

《先生は本気だったのだ》

かなは疑ったことを恥じた。《ごめんなさい、先生！》

「山口君！　グッド、グッド！　グッド！」と、かなは言った。

リナは、「なにそれ！」と言って、大声で笑った。

山口君も余程うれしかったと見えて、ワァーッと言いながら校門へ一目散に駆け出した。

かなもリナも後を追った。三人の後に砂埃が立っていた。
先生が直接聞いてくれたことが、こんなにも山口君の心に響いている。少なくとも三人は先生を見る目が変わった。先生とかなたちはこの出来事のおかげで信頼関係が持てた。先生は彼らに寄り添ってくれた。かなもそうおじさんが聞いてくれたことで変わった。難しいことではないのだが、できない現実がある。
《山田先生は本物の先生だ！》
三人のランドセルが大きく揺れては、弾んでいた。

山田先生は自宅にいた。純和風の二階の一室が山田先生のお部屋。畳の部屋に絨毯を敷きつめ、机とベッドを置いて洋室風に使っている。壁一面が本棚で埋まっていた。廊下と部屋の仕切りは障子である。廊下の反対側はガラス窓が連なっていて、そこからは庭が見渡せる。二階には三室和室があるが、一室は書道や茶道の稽古部屋にしている。さほど大きくない屋敷だが、和風庭園に松の木が枝を張っていて築山を覆っている。戦後開発された分譲地に両親が建てた家だ。本格的な和風の住まいにと、地元の大工さんに注文をつけて造ってもらったと両親は自慢している。
「智子さん、食事の支度ができましたよ！」と母が階段の途中から声をかけた。

「は～い！」と返事はしたものの、考えがまとまらない。

「お母さん！　少し後でもいい？」

「じゃあ～、先に食べてますからね！」

と言って食卓に着くや否や、

「お父さん、智子は帰ってきてから、ずっとなにやら考え事をしていましてね」

「ふ～ん、なにか、問題発生か？」

「それがですね。落ち込んだ様子ではないのですが、真剣な顔つきでしたよ」

「智子のやつ、最近俺たちに相談を持ちかけなくなったなあ……もう主任にもなったことだし、大人になったということだ。なあ、母さん！」

「そうだといいのですが……」

「まあ、じっくり拝見だ！」

「そうですね。智子も成長したんでしょう。意見を求めなくなってから久しいですよね」

「うん、そうだなあ～」

両親は箸を進めていた。教育者のなにかを、山田先生はつかもうとしている。

《宮沢さんの件は、木村さんの担任の先生とうまくできた。木村さんの動きをそれとなく見ていたが、どうやら、観念した様子で群れなくなっていた。クラスの二人もどちらかというえば、すっきりした様子だし、女子のいじめは根治できそうだ。問題は男子か……？

どう解決したらよいか？　夏休みに入ったばかり、男子三人の……家を訪問してみるか？

ううん、だめ、だめ。まず三人から直接聞いたほうが良い……順調にきていたと思ってい
たが、不覚だった、自分のクラスにいじめがあった、しかも、見落としていた。これは、
試練だ。どう対処するかで、あの子たちの今後も変わる》

「智子さん！　冷めてしまいますよー」

「じゃあ、下りていきま～す」

と言って、三人の顔を浮かべながら階段を下りた。

父が声をかけた。

「なにか問題でも発生か？」

「ううん……たいしたことじゃないの」

「それならいいが、相談に乗ってもいいぞ！」

「お父さん！　ありがとう！　でも大丈夫」

「そうか、まあ、解決すれば自信もつくことだしな」

「ううん、そんな……大それたことじゃないの」

と言ってはみたが、内心複雑な思いの山田先生。これをどう解決するか、食事をぱくつ
きながら考えをめぐらしていた。

彼女にとっては一大事なのだが、両親に心配をかけまいと、ここ数年は相談無しに過ご

してきた。両親はある一面ほっとしているのだが、娘の動向は気になって仕方がない。

山田先生は昔流に言えば、婚期を逃してしまっているのだ。先生は、婚期はなにを持って婚期というのか、定義があるわけじゃない。《そんなもの、ないに等しい》訪れたときがベストな時期と心得ている。単に巡り合わせがそうなっている。ただそれだけと理解していた。

両親は、こっそりフィアンセ獲得の活動をしている。娘には立場上、理性というものを小さなときから叩き込んできた。親として、教育者としての立場から、我が子を理性の権化に育ててしまった。両親の心の片隅には、そのことが婚期を逃している原因なのではと、頭をもたげてきている。だから、婚期を逃してしまっている娘に、少々後ろめたさを感じていた。父親は娘の前で、男のだらしなさというものを見せたことがない。父親としてのあるべき理想を演じてきた。智子は父親のような人ならと、あり得ない夫としての理想像を持っている。恋愛には、理性は邪魔くさいものということを知らない。だから、誰がそれを教えるか、だ。

両親の頭には、婿に迎えるべき男が浮かび上がっていた。父の若い時分の教え子、父の影響で先生を目指した、と年賀状で近況報告を欠かさない男、この男性が両親の意中の人なのだ。そして密かにお見合いを画策している。この夏休み中になんとかお見合いをさせようとしているのだが、本人には言い出せないでいる。そのタイミングを見計らっているが、難しい。

山田先生は食事が終わると、おもむろに口を開いた。

「ところで、お父さん！」

「うん！」と言うなり、お見合いのことかと思った父親は身を乗り出した。

「この前、私がごみ出しに行ったでしょ？」

「ふむふむ、ご・み・だ・し・？　はあ……」

期待していたこととは、かけ離れたことと察して、前のめりになった姿勢を元に戻した。

「ごみが、ど、どうした？」

「あのごみ集積所は、異常にきれいになっていますよね。誰かが特別に掃除をしているのですか？」

「ああ、そういうことか、もちろん、町内の持ち回りでやっているんだがな」

「それにしては、きれいすぎますよね！」

「あっ、それだがな、町内で噂になっていて、当番が回ってきてもなにもしなくて済んでいるんだ」

「誰かがきれいにしてくださっているのですか？」

母親が割って入った。

「ご近所の話によると、早朝に空き缶集めに来る人がいるようですよ。その方がきれいにしてるって聞いていますの」

「それにしても、塵一つ落ちてないごみ置き場って……？　掃除が好きな方なのかしら？」

「ふうん、そうかもしれんな！　まあ、憶測だがな、空き缶の見返りにと、そうしているんじゃないのかな？」

「それにしても、あのきれいさは尋常じゃないですよね！」と言って、「その方にお礼の手紙を書こうと思っています。お父さん、どう思います？」

「それはいいことだ！　賛成するよ！」

「お母さんは？」

「もちろん賛成ですよ！　智子さんの心配りは、きっとその方に通じるでしょうよ！」

「そうですね。そうします」

智子先生は喉のつかえをすっきりさせて、席を立った。

自室に戻り、「まずはお手紙」と言って、すらすらとお礼の弁をしたため、「そうだ、クオカードと図書カード」と呟いて、《こちらはこれで良しと、問題はこっちなのね》と姿勢を正すと、目を閉じて一から考え直していた。

《やはり、三人に直接聞き出す。しかも、一人ひとりがいい。三人一緒ではだめだ。最初の登校日に一人ひとり、これがいい。次を待つと日が開きすぎる》

心は決まった。

「よし、これで行こう！」と声を上げた。学校への報告はそれからだ。

隣の部屋に正座して、座卓に向かった。硯に水を落として墨をすり出した。こうしているときは無になれる、なんとも精神の落ち着くときだと思っている。だから、書に向き合うときは、硯と墨のこすれる音から心地好い時間になっていた。真っ白な紙に真っ黒な墨、精神統一の極致なのだ。これが山田先生のストレス解消法だ。そこに「忍」と書いた。

変化

日曜の朝、いつもの場所で、宗太はリュックを枕にトランジスタラジオを聴きながらうつらうつらしていた。自転車が近づいてくる音がした。ラジオのスイッチを切った。かながやってきたのだ。階段を駆け上がる音が元気いっぱいだ。

「そうおじさん！　おはよう！」

大きな声だった。

「おおっ、おはよう！　かな！　早いな……」と言って、起き上がった。

《校門でこっそり見たことはもちろん秘密だ》

リュックを下ろす仕草に余裕があふれていた。

《あの校門での笑顔は、大方うまくいっていると想像に難くない》

かなは充実した顔つきで隣に座った。宗太はおもむろに、

「かな！　いじめっ子はどうした？」

と聞いた。かなは待ち構えていたかのように、

「うん、そうおじさん！　かなはできたの！」

自信たっぷりの言葉だった。

「うん、そうか！　それで？」と次を促した。

「いじめっ子と戦ったの。いろいろあったけど、先生も味方してくれたの！」

宗太は口を挟んだ。

「へえ〜、そうか！　……うまくいったんだ！　そりゃあ〜、百点満点だぞな〜！　……ほんとうはさ、どうかなってな？実は心配してたんじゃ！　まさか、うまくいくなんて……！　良かった！　天が味方してくれたんだぞな！」

「うん、ほんと、そうかもしれない。それと……」

「それと……？」

宗太は怪訝そうに聞いた。

「お友達ができて、それで味方してくれたの」

「え〜！　そりゃー、すごいじゃないか！　もっとすごいぞな〜！」

《あの子たちじゃろと、想像はした》

「どんな友達だい？」

「うん、ひとりはハーフなの」

《あの背の高い子だ》

「リナっていうの。その子は強いし、頭もいいの。自分もリナのようになりたい！」

「は〜、そ〜か！　そりゃー、良かった！　いい友達に巡り合えたってことじゃな！」

二人は満面の笑みになった。

《かなは随分と成長したもんだ、めでたしめでたし、わしの出番はなくなるだろうか？》

宗太は内心、ちょっぴりさびしさを感じた。

「そうおじさん！　友達がもう一人できたの！」

「おっ！　そうか！」

「山口君ていうの、男の子なの！」

《あの男の子じゃ、三人仲良しになったんだ》

「おお、そりゃ〜、すごいな、ボーイフレンドじゃな、かな！」

「ううん、そうじゃないの」

「うん？　そうじゃないって？」

「うん、最初にわたしを助けてくれたの。彼もいじめられていて……。でも、助けてくれて、それがきっかけなの」

「う～ん、そうか……。どんなきっかけでもさ！　友達は大切にしなきゃなあ。それって、運命ってもんだ……。それによ、幸運っつうもんじゃな！」

「うん、わかってる！」

　宗太は、

「みんなでさ！　力を合わせればよ、大きな力になるって！　まして、一度に二人の味方じゃ、かなはついてるんじゃよ！　わしもその仲間に入れてもらえるん、かな～？」

と駄洒落風に言ってみて、かなを覗き込んだ。

「うん、もちろん！」

　かなはうれしそうに応えた。

《そういえば、友達って手があったんだ。一人で悩んでいるより、友をつくる、そういうことだよな。これはうまくいくかもしれんな！　まあ、そうは言っても乗りかかった船じゃ、どうなるか見届けようっと！》

　かなはリュックの横においてあるトランジスタラジオに目をやって、「そうおじさん！それなに？」と聞いてきた。

「ああ、これか、これはラジオじゃ！　これはな！　わしが大学生になったときにな！」

「そうおじさん！　大学いったんだーっ！」

「まぁあ、三流大学だがな。これ聞かねえでくんろ。そんときに、入学祝いだって、親が買ってくれたんじゃ！」

「へえ〜、これラジオなの？」

タバコほどの大きさに、仕舞い込めるアンテナがついている。

「だから、もう半世紀近くも使っているんだがな。しかも頻繁にな！　それでも一度の故障もないんじゃよ。たいしたもんだと感心しているんじゃ！」

そして付け加えた。

「これはおじさんの宝物だ！」

「ふぅん〜、あっ、もしかしてお母さんが買ってくれたからでしょ！」

「まあ〜、そんなとこかな〜」

と言ったが、これが、生活の一部になっていた。どこに行くにも持っていく。これがないと落ち着かない。こうして、リラックスできる環境なら、音楽番組を聴きながら過ごすのだ。

宗太は現代の機器には疎い。こんなラジオが、今どき売られているのかも知らない。ほとんど興味がないのだ。地デジになるときには、本当に苦労した。もう、あれ以来時間は止まったも同然の生活をしている。《地デジって、新しいテレビを買わされる羽目になっただけじゃ》なにがどう変わったのかまったくわからない。テレビは持っていなければ、不自由はするし、仕方なく手に入れた。でもほとんど見ない。ラジオで十分だ。宗太は説明を始めた。

「トランジスタラジオっていってな、こんなに小さくてもよ、ラジオの音声から短波放送まで、あっ！　短波放送って知ってるかい？」

「知らない……」

「そうだよな、知らなくていい。じゃあ、FM放送って聴いたことあるかな？」

「うん！　聴いたことある！」

「これはな、いろんな放送が入ってくるんじゃ、でも、わしは退屈しのぎで聴いているんじゃ」

「ふうん、こんなちっちゃいのに！」

と言って手にしたかなは、

「そうおじさん！　これ重たいね！」

「うん、わしもそう思う。う～んと昔のものだから部品が、びっしり詰まっている感じだ

郵 便 は が き

料金受取人払郵便

新宿局承認

2524

差出有効期間
2025年3月
31日まで
(切手不要)

1 6 0-8 7 9 1

1 4 1

東京都新宿区新宿1－10－1
(株)文芸社
愛読者カード係 行

ふりがな お名前		明治 大正 昭和 平成 年生 歳		
ふりがな ご住所	□□□-□□□□		性別 男・女	
お電話 番 号	(書籍ご注文の際に必要です)	ご職業		
E-mail				
ご購読雑誌(複数可)		ご購読新聞 新聞		

最近読んでおもしろかった本や今後、とりあげてほしいテーマをお教えください。

ご自分の研究成果や経験、お考え等を出版してみたいというお気持ちはありますか。

ある　　ない　　内容・テーマ(　　　　　　　　　　)

現在完成した作品をお持ちですか。

ある　　ない　　ジャンル・原稿量(　　　　　　　　　　)

書　名				
お買上 書　店	都道 府県	市区 郡	書店名	書店
			ご購入日	年　月　日

本書をどこでお知りになりましたか?

1.書店店頭　2.知人にすすめられて　3.インターネット(サイト名　　)

4.DMハガキ　5.広告、記事を見て(新聞、雑誌名　　)

上の質問に関連して、ご購入の決め手となったのは?

1.タイトル　2.著者　3.内容　4.カバーデザイン　5.帯

その他ご自由にお書きください。

(　　)

本書についてのご意見、ご感想をお聞かせください。

①内容について

②カバー、タイトル、帯について

弊社Webサイトからもご意見、ご感想をお寄せいただけます。

ご協力ありがとうございました。

※お寄せいただいたご意見、ご感想は新聞広告等で匿名にて使わせていただくことがあります。

※お客様の個人情報は、小社からの連絡のみに使用します。社外に提供することは一切ありません。

な！」

「そうおじさん！　聴いてもいい？」

「ああ、ほら！」と言って手を伸ばし、スイッチを入れた。

「ここをこうすると」と宗太はラジオの操作をかなに教えている。「短波放送ってのは、こういうものさ」って、聴かせた。

遠くから飛んできた電波が、あの独特な抑揚のある音を奏でていた。かなは耳を近づけて聴き入っている。遠く離れた異国のメッセージ。かなは楽しそうにいじくっていた。もちろんなにを言っているのかはわからない。それでも、他国からの音声に興味を注いでいる。

「世界は広いんだ……」

宗太は、かなになにかを伝えようとしたが、一心不乱に聴き入っているかなを見て、《野暮なことはやめよう、それより充実した時間が大切じゃな！》なすがままにさせた。

海外からの音に耳をそばだてて、そのわからない言葉に没頭していた。一方アンテナが珍しいのか、これを伸ばしたり縮めたりしては音の感触を確かめている。その都度、音が割れた。

かなはこの一連の出来事で、自分の存在を何気なく感じてきていた。自信というものなのか、友との触れ合いで強くなった己を意識している。

「そうおじさん、聞いてもいいかな?」

「あいよ!」と軽く応えた。

「そうおじさんの本当の名前……?」

と聞いてきたので、「ああっ」と言って、

「ごめんよ! かな!、わしの本当の名前は、山川宗太って言うんだ!」

かなはラジオの表面を撫でながら聴いていた。

「うそをついちまったよな。村山惣吉は幼なじみなんだ!」

そして遠くを見るように目を細め、しみじみ語りだした。

「惣吉は幼稚園からの学友でな、親友じゃ。雨の日も、風の日も、いつも一緒に通ったんじゃ。そんなんが、あだになっちまってさ、一年生のときには……」

と言って、言葉を押し殺した。曇った顔をした宗太に、かなはなにか、のっぴきならないことがあったのだとわかった。ラジオの音を切って、遠くに目をやった。

惣吉との苦い思い出がよみがえってしまった。

《こんなこと、話すべきかな?》と思ったが、勢いついでに、また話しだした。

「わしはな、小学一年になったばかりの昼休みに、惣吉と校庭で遊んでいた。『あしたてんきにな~れ!』って、ほら! 靴を空に放って遊ぶあれだ! 表が晴れで、裏が雨、かなは知っているかな?」と言った。

「うん、知ってる！」

かなは次を待っていた。

《小学一年といえば六歳だ》

「五時限目の授業中に、わしと惣吉は上の階の教室に突然呼ばれたんじゃ、なんのことかわからないまま、二人は教壇に立たされてしまった。坊主頭の先生は、『この子か』とクラスの生徒たちに糾弾を促し、犯人捜しを始めた。女の子の片一方の靴がなくなったということでな、二人が疑われてしまった」

靴で遊んではいたが、自分の靴で遊んでいた。靴を半脱ぎにして、その足で放り投げる。自分の靴での遊びだった。

そのときの生徒たちの突き刺すような目は、宗太の体を凍らせた。上の階は三年生のクラスだった。三年生が先生とともに、一年生をターゲットにしている。忘れることのできない事件になった。その先生のやり方は子供たちをあおり、音頭をとりながら、お囃子を楽しんでいるかのようだった。

「そのときの先生のやり方が頭を離れないんだ！」と言って、顔をゆがめた。「わしと、惣吉が犯人のように扱われたんじゃ」

《いい歳こいて、子供を犯人にしたてようとしていた。この教師は二人をなにを証拠に、犯人と決め付けていたのか。二人で遊んでいたそれだけのこと。しかも一年生になったば

かり、自分の運動靴でだ！》

宗太はそのことを屈辱としてずっとしまいこんでいる。そのことをなぜか親にも話せなかった。貧しい家庭ながら、親は一生懸命働いている。《そんな親を悲しませることになる》惣吉も同じ思いだったのだ。小さいながらも人としての自尊心はある。

「その日の帰り道にな！　惣吉と黙りこくって、一言も発せず家路に就いたのを覚えている。ずいぶん、悔しかったんじゃ。少しの時が過ぎて、帰り道でこれが二人の間で話題になった。期せずして、二人の屈辱はその先生への憎しみになっていたんじゃ。二人はな、橋の袂でな、川面に向かって叫んだんじゃ『あんちきしょ！　死んじまえ！　死んじまえ！　死んじまえ！』って。悔しかったんじゃ」

惣吉とは似た者同士だ。家は農家で、父親は冬になると、出稼ぎに行く。二人の父親は、行動をともにしていた。宗太と惣吉のズボンの膝っ小僧には、つぎはぎがあった。家では食べ物には困らなかったが、お金には不自由していたに違いない。母親は夜遅くまで、内職をしていた。その内職も同じ仕事だった。歩いて十分ほどの距離だが、一番近い家だった。通学はいつも一緒だった。そんなことが、二人を強く引きつけていた。そんな二人が犯人扱いされたのだった。

宗太は大勢の人前に立つと、これがトラウマになっていて、体が硬直する。だから、人前に立つのが苦手だ。それに先生の話になると、その先生の顔が真っ先に浮かぶ。未だにだ。ほとんどの先生の名は忘れたが、この先生だけは忘れてはいない。六歳にして、魔女狩りにあってしまった。悔しい思いをさせられたのだ。

そんなある夜、いつもの読書をしていたら「相手を許せば、自分が救われる」とあった。そのとき一瞬、《我が意を得たり、あいつを許してやっか》と考えもした。宗太は単純だ。しかし、許せば楽になるんだろうなと思ったが、未だに許せないでいる。三つ子の魂百までもというが、幼少の心の傷は消せない。

《自分はただの人間なんだ》と納得してしまった。あのとき、どのような結論になったのかは覚えていない。その靴が出てきたのか、なくなったのかも知らされなかった。犯人扱いされた屈辱の記憶だけが残っている。いずれにせよ、身に覚えのないことだった。だから、必死に「知らない」と言い張っていた自分が鮮明に残っている。消せない記憶になってしまった。

あの出来事は大人になったある日、《これだったのだ！》と気づかされた。

宗太は機械の設計技術者になった。ある会社の出張先でのこと、精密機械の加工所になっていたプレハブ小屋の外に置かれていたスノコ板に靴を脱いで部屋に入った。仕事が終わって、帰ろうとすると、自分の靴をくわえて逃げていく犬を見た。追いかけようとしたが、建物の陰に入ってしまい、茫然と見逃してしまった。

そのとき、はっとよみがえった。

《そう言えばあの下駄箱のある出入り口には、野良犬が何匹も闊歩していた。これが犯人だったのだ！》と確信した。

ずっと、胸につかえていたことが、《あのときの犯人は犬だったのだ》と合点がいった。

犯人扱いされた屈辱がよみがえってきて、体が熱くなった。そして、その場面がよみがえってきた。

《だいたい、六歳の子を犯人扱いして悦に入っていた、子供の心を踏みにじった、そんなのが教育者なんだから……》針の筵にされたあの教室での出来事は、終生忘れられないことになってしまった。そのことが先生に対する思いになってしまったのだ。

かなは、「そうおじさんが犯人……小一のときに……」と言った。

宗太は続けた。

「そう、犯人扱いされた。だから先生は大嫌いなんじゃ」

と言って苦笑いした。そして付け加えた。

「その惣吉は四年のときに死んだ！」

かなははっと息をのんで、

「エッ！　死んだ？」

と驚いた様子をした。《まさか自殺？》と思ったのだ。

宗太は一呼吸してから言った。

「そう、心臓の病気でな、死んじまった」

かなはふうっと息を吐いた。

「惣吉の母親が知らせに来たんだが、駆けつけたときには、棺おけの中に納まっていた、ふたを開けて、真っ白くなった惣吉を見た。母親はわしに惣吉の頬に触ってほしいと促したので、両手で頬を撫でた。冷たいその感触がこの手に今でも残っているんじゃ。わしはそのあと一昼夜泣き通した。わしには男の兄弟はいなかった、惣吉は友達以上だった」

辺りに重い空気が漂い、宗太はいったん話をやめて、目を遠くに移した。なにかを追憶している様子に、かなは沈黙で答えていた。そして気を取り直し、話を続けた。

「そのあと、通学の待ち合わせ場所に来ると、いつもそこにいる惣吉を、『おはよう！じゃあ行こうか！』と言ってわしが連れて学校に行っていた、帰りは帰りで、『バイバイ』と言って惣吉と別れる。高校までは、そうしてその道を通ったんじゃ、わしの心に惣吉は小学四年生のまま生き続けている。その惣吉を使っちまった。かな！　ごめんよ！」

かなは黙っていた。そして続けた。

「わしは負け犬なんじゃ」

「ま・け・い・ぬ？」

かなが口を開いた。

「そう、負け犬なんじゃ、しっぽを丸めて逃げていくあの犬じゃ、だからよ、かながわしに近づくのを世間が……」

と言って、

「いや、かなの親御さんが知ったらさ、かなが叱られることになると思ってな、本当はさ、会ったりすることはいけねえと思ってたんだよ。今こうしていることが知れたら、かなは変な爺さんと会ってなにしてるんだと、後ろ指を指されるって！　そういうことになったら、かなが大変だ！」

一呼吸して、

「だからさ、かなとは縁を切ったほうがいいと思ったんじゃ。それで、うそをついた……。申し訳ないことをしちまったが、許してくれ！」

「ううん、そうおじさんは！　……そうおじさんは、そのままでいいの……縁は切っちゃだめ！」

と決めつけるように言って、リュックに手をやった。宗太の言葉をさえぎるように、

「これ飲む？」

と言ってペットボトルを差し出した。宗太は黙って受け取り、ごくんと喉を鳴らした。

「ああー、うめえ！」

重苦しい空気がぱあっと開けた。

「嘘ついちまってなあ！　ごめんよ！」

「ううん、そんなのへっちゃら！」

と言って、なにかを思い出したようにかなは続けた。

「わたしは、かな！　……そうおじさんは、そうおじさん！　それでいいの！　決めた、おんなじ『そう』がつくんだから、そうおじさんのままでいい！　だって惣吉さんと宗太おじさんがふたり味方なんだもん！」

と言って、自分のペットボトルを口にした。

《案外さっぱりしたもんだなあ》

幼なじみをダシにして、この関係を闇に葬ろうとした宗太。惣吉と過ごした幼少期が頭に膨らんできた。《惣吉ごめんよ！　うそにつかっちまってほんと、勘弁してくれ》

「そうおじさん！　話していい？」

「ああ、なんなりと話しなっせ！　遠慮は無用ってもんださ！」

かなはなにかを吹っ切るように、

「それと～」

と尻上がりに言って、今度は、

「かなにはお父さんがいないの！」

とぼそっと言った。

《うすうす感じてはいたが、やっぱり……》

「かなは、お母さんと二人っきり！　……でも、いいんだ、お母さんは世界一やさしいの！」

さっぱりした物言いだった。

「ううん……そうだったんだ！　……それに世界一のお母さんか……そりゃあーなにより じゃな！」

《なにかが吹っ切れたさばさばした気持ちがこんなふうに言わせている。そんな母親がいるのに……》

宗太は死のうとしたことを口にしようとしたが、やめた。

《ぶりっかえす必要はないな、野暮というもの、これは、忘れることが最善だ、心にしまっておこう。二度と口にすまい》

「かな！」

「うん、なに？　そうおじさん！」

「かなのお母さんは、かなが立派な大人になって、うーんと、幸せになってくれることを願っているんだ！　かなが、幸せになることがお母さんへの、親孝行なんだよ！」

「ふうん……？」

宗太はしっかりしたことを言ったつもりだったが、かなの返事は軽かった。

《この歳じゃあ、先のことは、まあどうでもいいことなんじゃろ！　深刻な話はやめだ！》

かなが口を開いてまた、ぼそっと言った。

「かなのお父さん……誰だかわからないの」

《突然、深刻な話題！　…………！》

宗太はどう返事していいかわからなかった。

しばらく考えた後に、意を決するように言った。

「わしはな、君と同じくらいの孫がいる。だけど、あったことも見たこともない。それに、自分の娘も小学一年のときに、薄情にも、連れの実家に預けてしまった。……一人娘なんじゃが、三、四年までは時々会いに行っていたんだがな、ついつい面倒になってな、それっきりなんだ！」

「なんで預けてしまったの？」

かなが聞いてきた。

「うん、わしの連れはな、娘が小一になる直前に亡くなってしまったんじゃ、白血病ってやつでな、わしがだらしないためにさ、娘を育てられなかったんよ。それ以来、娘には会ってないんじゃ、我が娘なのによ、君の歳ぐらいまでの思い出は詰まっているんだがな、どんな大人になったんかも知んねえのよ。わしは、人間失格なんじゃよ！」

「ううん、そんなことない……」

かなは必死に宗太に寄り添おうとしている。

《深刻な話に戻っちまった、ここは通らなければならないのかな、まあいいだろ》

「わしはな、そのことが頭から離れないんじゃよ！　我が子を捨てた……」

かなはなにも言えなかった。そして宗太は続けた。

「父親も母親もいない環境で育った我が子がな、立派になって、子供を二人もうけてさ、幸せに暮らしているんじゃ。わしが先祖様の墓参りに行ったときにな、その子の幼稚園のときの同級生に会ったんじゃ、本当に偶然でな、びっくりなんじゃがな、わしに『山川さんですか』と、聞いてきたんじゃ。娘は由美といってな、『由美さんのお父さんですか、私は由美さんと同級生の田中です』と、挨拶されたんじゃ、年賀状のやり取りがあるらしく、孫の情勢を話してくれたんじゃ。でも、娘の住所を聞き出す勇気がなかった。……親子なのに住所も知らないなんて変なことになっちまうしな。それでさ、孫の小学校の名が話に出たんじゃ、そんでこの鉄道を乗り継いでな、その小学校に行ってみたんさ。立派な学校で、感心したもんじゃ。無情にも捨てた娘は子供をしっかり育てている。そのとき、近くにあった神社であのお守りを買ったんじゃ、かなにあげたあれじゃ！」

「そうおじさん！　そんなに大切なものをわたしに……！」

「ううん、いいんだよ！　かなにあげて正解だったに違いないのさ、いじめっ子に上手く対処できたのも、お守りのおかげかもしんねえしよ。そう、第一お守りはわしのリュックに入っていても、お蔵入りじゃ。日の目を見ねえって、神様に失礼ってもんだろさ！　これは、かなのリュックにあって君を守るはずじゃ！」

「そうおじさん……ありがとう！」

「いやいや……なんのこれしきのこと、お安いご用だがな！」

と言って、お互い顔を見合わせ笑った。

宗太は気持ちが楽になった。《誰にも言えなかったことを、こんな小さな少女に話して……まったく俺もどうかしてる。ただ、かなは理解しておるはずじゃ》

少し間を置いて、

「かな！　お父さんのことは内緒にできるかな？」

「内緒？」

「そうだ、お母さんに、そのことを聞いてはいけないんじゃ。……わしの娘もな！　父親はいないものとして生きとるはずじゃ！」

「……うん」

すまなそうな顔をした。

「それでも、幸せをつかんでいるんじゃ！　お母さんは一生懸命君を育てている、それに君にはな、一番やさしいはずじゃなかったのかな……」

「うん、世界一やさしいお母さん……」

瞳を輝かせて言った。

「だから、お母さんを悲しませてはいけないんだ」

「そうおじさん！　かなは、幼稚園のときにお母さんを泣かせてしまったの！」

「う～ん……」と宗太は天を仰ぎ、「それは、どうしたことで？」と聞いた。

「みんなはお父さんがいるのに自分だけがいなかった。聞いてしまったの」

「それでどうした？」

「お母さんは泣いていた」

と言って、かなは涙を浮かべた。

《もう十分かなはわかっている》

「君もお母さんにやさしくしてあげなきゃいけないな～！」と宗太は言った。

「うん、わかっている……本当は、聞いちゃいけないことなの……大きくなったらお母さんはきっと教えてくれる」

かなは涙ながらに言った。

「そうだ、その通り。大人になれば、そうしてくれるよ、だから、今はお父さんのことは内緒じゃ、じゃあ、決まった！」

と言って、二人はペットボトルを口にした。かなはごくんごくんと気持ちいい音を立てて飲んでいた。だいぶ吹っ切れた様子に、「今日は、とってもいい日になるぞー！」と宗太は立って背伸びしながら言った。

《もうすぐ三番電車が来る頃じゃ》

「そうおじさん！　もう一回聞いていい？」

「答えられるかな～」

「ううん、やさしい問題！」

「あっ、そうか。やさしいか？　そんなら大丈夫」と言って、「かなの問題は難しいぞな～」

「ううん、そんなことはない！　そうおじさんは、娘さんに会いたいの？」

「ム、ム、ム……」

と言って、

「こりゃ～、また、難しいぞなー」

ゴー、ゴトン、ゴーゴトン、三番電車が近づいてきた。

通り過ぎるのを待って、かなは言った。

「そうおじさんが、ここに来るのはそのことなんでしょ？」

《かなは鋭い、すっかり読まれたか？》

正直に宗太は、

「そうなんじゃ。かなの言う通りじゃ。う～ん……この線路が娘のところにつながっている。そう思って、ここに来るんじゃ！　でもな、決して会うことはしない！」

ときっぱり言った。

「ふうん……？」

と言って、かなは腕を組んだ。肉親の複雑な関係をじっと考えている様子だ。宗太もかなと同じ腕組みをした。そして、顔を見合わせて笑った。

かなは、「そうおじさんっておもしろい！」と言って立ち上がり、両手を挙げて背をそらせた。そして、「ああー！」と発し、「気持ち良いぞなあ～！」と宗太の台詞をなぞった。

「かな！　そりゃ、わしの台詞じゃ！」と言って大声で笑い合った。

登校日

夏休みの最初の登校日、日焼けした生徒たちの前に着席したいつもの山田先生は、にこっと笑って言った。

「休みに入る前に、規則正しい生活をしなさいと言いましたが、皆さん守っていますか？ラジオ体操に出ている人、手を挙げてください」

皆、挙手をしたので、「そうですか、先生は安心しました」と言ってもろもろの話を続けた。そして最後にさしかかって、まだ始まったばかりの夏休み、遊びに出るときは注意が必要だと言って、机に両肘を付いて手を組み祈りのポーズにあごを乗せた。

《女子のいじめはＰＴＡ役員の子も担任がうまくやってくれた。こっちはまさかないだろう。問題は男子！》

そして、意を決するかのように言った。

「今日、佐藤君それから鈴木君、山根君は……あっ、山根君は欠席なのね？　……じゃあ、佐藤君と鈴木君は、これから少し時間ください……ね。後の人は、帰って良いで～す。寄り道はいけませんよー！」と大きな声で言って、残りの生徒を退室させた。

かなは昇降口でリナと山口君に合流し、二人に声をかけた。

「リナ！　先生は、佐藤君と鈴木君を呼んだの！」

「へえ～！　いよいよ始まったのかな？」と言って、「でも、山根は？」

「うん、山根君は今日、休みだったの」

「そうか……山口！　休みに入っていじめはなかったの？」

「うん、ぜんぜんなにもなかった。だって、ぼくはどこにも行ってないから……」

「そういうことか……」

りなは続けた。

「山口！　かな！　二人でわたしんち、こない？」

かなは、

「え～、行きた～い！　山口君！　行こうよ、行こう！」

と言って山口君を覗き込んだ。

「う、うん……今日？　リナ！　今から？」

「うん、いつでもいいよ！」

「そうか～、じゃあ、うちから、かなんちに電話入れる！　母さんがいればオーケーかもしれないんだ、かな！　じゃあ電話入れるね！」

「オーケー！　待ってる」

こっちの話はうまくまとまりそうだ。かなはリナの家に興味津々だ。リナの暮らしぶりは《きっと、想像以上だろう》と、かなはわくわくしている。

山田先生は二人を窓際の席に座らせた。
先生は窓を背にして両手を後ろ手に組んで、
「山口君を君たちがいじめているのは本当ですか？」と強い口調で言った。
今日ばかりは、いつもの笑顔はなかった。
《いつかこういう日が来るとわかっていた。内心できるだけ早くこうなってほしかった》
佐藤君はすぐに観念し、「はい、自分はやりました」と言った。
やっていることが、腑に落ちていなかった。みじめにも感じていたのだ。

先生は鈴木君の言葉を待っているのだが、彼は外を見ていてなにも言わないでいる。先生が声をかけた。

「佐藤君は認めてくれましたが、鈴木君はどうなんですか?」

「…………」

じっと外を見つめたままなにも発しない。

先生は一番前の席の椅子を取り出して、鈴木君の前にそれを置き、腰掛けた。そして、

「鈴木君、こちらを見なさい！　先生の目を見なさい！」

と言って、怒りの形相で彼の頭を両手で押さえ、目を据えた。

先生の目を上目遣いで見ていた彼は、突然、

「先生！　ごめんなさい！　先生！　ごめんなさい！」

と言って、机に顔をつっぷし、両手で頭を覆い泣きだした。

山田先生は彼を凝視したとき、彼の唇の異変に気づいた。《これを気づかれまいとして、こんなことをしている》のでは、と思った。唇が腫れていた。間違いなく腫れている。肩を震わせながら泣いている。《どういうことなんだろう?》先生には想像が付かない。《落ち着くのを待とう》

佐藤君に目をやった。彼は悲しそうな顔をして、じっと一点を見つめていた。

先生は言った。

「佐藤君、山口君に暴力をふるっていたのね？」

「はい、ぼくはやりました！　なんども、なんども、やりました！」

《なんで、あなたのような、恵まれた環境にいる子が？》

「山口君のことは考えないのですか？」

「すみません……山口君に謝ります！」

「謝ってすむものではないでしょう！」

語気を強めた。

「すみません！　僕は……いつもいつも……」

「そうね！　相手の気持ちになれば、こんなことできませんよ！　それが普通の子です！」

さらにヒートアップして、

「今度やったら、先生が承知しませんよ！」

と怒りを佐藤君にぶつけている。

「ごめんなさい！　悪いことはわかっていました。もう決してやりません。山口君には謝ります！」

「そうね！　謝りましょう！　でもね、何度も言いますけど、謝ってすむものではないんですよ！　やってしまったことは、取り返しがつかない！　わかりますか！」

「……ご、ご、ご、ごめんなさい！」

と言った佐藤君に、

「佐藤君！　ちょっと、廊下に出てくれますか？」

と言って先生は立ち上がり、机に伏して泣いている鈴木君を尻目に、佐藤君を誘い廊下に出た。

隣の教室の前に来て、鈴木君の様子を伺い言った。

「佐藤君は鈴木君の唇の腫れは、知っているの？」

「はい！　知ってます」

「先生には殴られたように見えるの……誰かに殴られたんでは？」

佐藤君は目を床に落として、黙りこくった。

先生は、腰を折ってうなだれている佐藤君を覗き込むようにして言った。

「佐藤君は知っているのね？」

彼は首を左右に振って、言えない素振りをした。そして先生の目を見た。

「わかった。あなたではないのね！」

「はい……」と言ってうなずいた。

「それならいい……」先生はほっとした様子を見せた。

ダッダッダァーとけたたましい音がして振り向くと、教室から抜け出した鈴木君が昇降口に向かって駆けていく。先生は、「止まりなさい！　鈴木君！」と言ったが、先生の制止を聞かずに出て行ってしまった。

先生はびっくりしたが、佐藤君のさほどでもない様子に、

「佐藤君！　彼の行動はいつもあんな感じなんですか？」

「いえ……初めてです」

「ふうん……どうしたのかしら？」

《やはり……あの唇が？……知られたくない……？》

「うん？　しかたないわね……」

と言ってあきれ顔をしたが、意を佐藤君のことに戻して、

「教室に戻りましょう、もう少しお話を聞かせてくださいね！」

「はい！」と言って、佐藤君は先生の後に付いた。

「なんで、いじめっ子の仲間に入ったんですか？」

先生は一番の疑問をぶっつけた。

「ごめんなさい……！」と言って、公園で一人ゲーム機で遊んでいたら知らない子に絡まれて取られてしまった。そこに山根君と鈴木君が通りがかり、佐藤どうしたと言うので、ゲーム機を取られたことを言ったら、その子たちから取り戻してくれた。その恩を感じて、それから一緒に行動するようになってしまった旨を話した。

「ふうん、でそのゲーム機は今誰が持っているの!」

「鈴木君です」

「じゃあ、取られたと一緒じゃないの?」

「ううん、僕は最新のゲーム機を買ってもらっています!」

「そうか……、それは取られたんではないんですね?」

と言って佐藤君をキッと見た。佐藤君も先生の目を見て、じっとしている。

「うそじゃなさそうね……」

「本当です……」

「佐藤君の家はそういうものを、すぐ買ってもらえるの?」

「はい! 言えば買ってくれます」

「そうか、じゃあ、彼らのためにいくつも買ってもらえることもできるんだ?」

と意表をつくように言った。佐藤君は答えなかった。

《佐藤君が資金源になっていて、彼らはそれを利用している》そう感じた。

《良いことではないな、どうにかしなきゃ?》山田先生は考えがまとまらなかった。

《一旦ここで終わりにしよう》と思い、「じゃあ~」と言いかけたら、

「先生! このことはお父さんに言うんですか?」

と佐藤君が聞いてきた。先生は彼を見て、

「なんで？　お父さんに知れたら困りますか……」

と言ったが、先をどうするかが見えてこない。

「佐藤君！　それも考えておきます。もしお父さんに言ったほうがいい、という結論に達したら、あなたにその旨を伝えてからにします。それでいいですか？」

「はい、わかりました」

「あなたがこんなことに加担しているとは思いもよらなかった！　本当に残念です。立場をわきまえられる子と思ってました！」

先生は少し感情が昂ってきたのを感じて、抑えようとしている。彼は意を決して言った。

「先生！　本当にごめんなさい！　僕からお父さんには言います！」

先生は虚をつかれたので驚いた様子をしたが、冷静を取り繕って、

「佐藤君が……そうね、佐藤君！　次の登校日までそのことは待って……」

と言いかけたが、彼はさえぎるように、

「いえ、今日帰ったら、お父さんに伝えます。先生！　ごめんなさい！」

と言った。少し間があって、

「……そうね、佐藤君がそういうことなら、そうしましょ！」

と言ってはみても、先生はまだ頭が混乱していた。二人の間に沈黙が続いた。

先生は諭すように言った。

「佐藤君は家では何不自由ない生活を送っているんでしょ！　他の人に比べたら、そんなにも幸せな家庭にと、みんな思っているのよ。だからいじめっ子になっていることは、お父様が校医をしているので、悪いことも許されていると思われてしまうの。わかるでしょ！」

「はい……」

「お父様が知ったら……」と言いかけたが、

「佐藤君！　お父様があなたに気を留めて、先生には悪いことをしたら、強くしかってくれと言われていました。成績が良いからなにをしてもいいということではないのよ。そんなことはわかっているでしょ。両親の期待が重荷になって、こんなことをしたのではないのよね?」

「あっ！　先生、そんなことはないです」

《母親に対する当てつけが……そんなこと言えない》

先生は続けた。

「あなたは先生にとって、とっても大切な子。学業が優秀なだけではだめなのよ。みんなに信頼される人になってほしいの。君にはそれができるの！　先生はそれを期待します！」

「先生……」

佐藤君は、先生のやさしいまなざしを受け止めていた。

「さあ、帰りましょう！　佐藤君！　彼らから抜けるのは大変なこと、でも、先生は君を信じます。二度といじめに加担してはいけませんよ！　先生も応援します！」

《こんなにも僕を気遣ってくれている、なのに母さんは……》

「先生！　もうやりません、約束します！」

佐藤君は先生の期待をひしひしと感じた。

「ありがとう！　約束よ！」


佐藤君は昼食を終えて、父親が食事に戻るのを待っていた。病院は自宅から歩いて三分程度の距離にあるが、父親は食事を必ず自宅で取る。家族と共に過ごすのが父親の役目だと思っているのだが、忙しさにかまけて、なかなか一緒にいられない。夏休みだからこそ、昼食くらいはと思っている。言い訳がましいのだが、患者が優先だと家族には言い聞かせていた。

一時近くになってダイニングに入ってきた。

「おっ、義男珍しいな！　食べたのか？」

「はい……！」

「なんか、浮かぬ顔をして、どうした？」

父親は子供の変調を悟って言った。

「お父さん！　今日はこの後、診察があるんですか？」

「う～ん、この後か～、ちょっと待って、あっと、そうか！　スタッフとミーティングでおしまいのはずだ、なにか用か？」

「ミーティングは何時に終わるんですか？」

佐藤君は一刻もこのことを早く知らせたくなっていた。我が子の真剣な顔つきに、父親も何事かと耳を傾けた。

「お父さん！」と切り出した。

自分がしてしまった行為を、途中、何度も謝りの言葉を挟んでは、洗いざらい語った。黙って聞いていた父親は、「う～ん……」とうめくように言いながら、天を仰いで目をつぶった。信じていた我が子の過ち。《どう出ればいいのか？　ここが肝心だ！　叱り付けることは簡単だ。だが、義男は先生と十分やり取りをしてきた。ひとつ我慢をしてみよう》

父親はそのことについて、叱り付けることはしないと決めた。

《私の背中を見て育ってくれればと、活躍する自分を見せていたつもりだった》が、夕食すら顔を合わせることの少ない生活をしてきてしまった。自分ではできるだけ自宅でと思ってきてはいたが、院長先生の立場はそうはさせてもらえない。いかんせん、我が子との時間が取れないでいた。《これが良くなかったのかもしれない》自責の念に囚われている。《町医者として地域医療を支え、患者に信頼されていると自負していたが、奇しくも我が

子がいじめっ子になっていた。まだ反抗期には届いていない、今直さねば、手遅れになる》

そこで、言った。

「お前の不祥事は、私にも責任がある。義男、今すぐ山口君に謝りの手紙を書きなさい。ミーティングが終わり次第ここに来るから、一緒に山口君のところに行こう！」

そして、あわててミーティングに出て行った。

山田先生が帰宅すると、母親がすぐに、「智子さん、あのお手紙の返信が届いていますよ！」と声をかけた。

「あらっ！　返信？　なになに、ああ、ごみの件の？　へえ〜、まさか……？」と半信半疑で手にした。

自分が書いた封筒の表に、赤字で大きく「返信」と書かれていた。

自室に着席するや、手触りで中身のカードがないことを悟り、中身は披《ひら》いたと感じたのだが、開けた痕跡が感じ取れないほど丁寧に封は再度閉じられていた。

《この方は、綺麗好きと几帳面を持ち合わせている人、それに……空き缶拾い》がどうにもすっきり当てはまらない。自分の人を見る目の偏見がにじみ出てきて、赤面している。

「ううん、なんという、己のおぞましい稚拙な感情……」

まだまだ人間として半人前だ、と述懐している。封を切り、中身を取り出し、丁寧に書かれた文字に目を通した。

『拝啓
どなたか存じ上げませんが、このような手厚い感謝の言葉と、その上に過分なお品物をいただき、なんとお礼申し上げたらよいか、恐縮の至りです。何分、空き缶をいただいており、そのお礼の行為です。身を入れて掃除をしているつもりですが、あれでまだ足りないようでしたら、遠慮なく申し付けてください。
本当にありがとうございます。今後とも宜しくお願いいたします。
敬具』

《う～ん、私としたことが、空き缶回収屋さん……って何者？　しっかりしている。人を見る目を肥やさなきゃだめじゃないか！》

「お母さん！」って言いながら、一階に下りた智子先生は、「誰が、手紙を届けてくれたのですか？」と聞いた。

「智子さん、川辺さんからですよ。これは山田先生のお手紙でしょうって、図星。川辺さんに見透かされていたようですね」

「お母さん！　それって、お褒め……ですか？」

「あら、どっちかしら？　冗談ですよ！　川辺さんも町内の皆さんも同じように感じてくださっていたようですから、有難うって伝えてくださいと言われていますのよ」

「そうなのね！　良かった。余計なことだって思われはしまいかと、心にはあったんです」

「智子さんの行為は、皆、感謝してくださっていますのよ！　安心してください」

って母親は自慢そうに言った。

一時さわやかな気分に満たされて自室に戻ると、早速、先生はずっと頭から離れない今日の出来事に考えをめぐらした。整理が付かないのだ。

《一から始めようっと。山根君の休み？　鈴木君の逃亡、それにあの唇？　佐藤君の改悛……》ふうっとため息を漏らしては、また考えていた。

どうすれば良いのか、判断が付かない。

《久しぶりに父に相談してみるか？　帰宅は夕方になると言っていた》

「それまでは精神統一だ」と独り言をつぶやいて、硯に向かった。そして、「耐」と書いた。

「へい！　いらっしゃい！」

「僕は、佐藤といいます。良太君いますか？」

佐藤君はお店の中に先立って入り、山口君の父親に尋ねた。

山口君の父親は、「良太か！　さっき帰ってきたんだが……？」と言って奥に行き、「母さん！　良太は？」と声をかけたが、父親らしき者を目にして、「良太の友達かい？　お父さんと一緒に！」と不思議そうに、佐藤君を見ながら言った。

「はい、そうです。後ろにいるのは父です」と応えた。

奥から、「お父さん！　良太はリナとかいう子のうちに行くと言ってましたよ！」と母親が答えた。

佐藤君は母親の声を聞いて、「お父さん！　山口君のご両親にこのことを話して、謝りたい！」とねじり鉢巻きをした父親の面前で告げた。父親は何事かと二人の会話を耳をそばだてて聞いている。

「すみません。私は佐藤義男の父親です。この子が、良太さんに謝らなければならないことをしました、それで訪ねてきました」

「エッ、エッ、エーッ、そ、そ、それは、どういうことですかね？　ここじゃなんですから、奥にどうぞ」と奥に通された。

着席し、佐藤君がまずいじめについて話すと、両親は顔を見合わせて驚いた。初めて聞く話に、何度も驚きを隠せないでいる。山口君はそんな素振りはとんと家では見せていない。両親もどうすれば良いのか、わからずじまいだ。

父親は「とにかく、話はわかりました」と佐藤親子に告げて、「母さん！　いつもの持ってきてくれ！」と言い、「わざわざ、こんな汚い家に来てくださって、すみません」と逆に恐縮している。

なんとも人のいい両親だ。佐藤君からの手紙と菓子折りを受け取ると、「お返しと言っちゃなんですが……」と、明太子の詰め合わせを持たせてくれた。

佐藤君は会話の中で、両親の山口君への愛情をふつふつと感じてうらやましく思った。

《この家には温かいなにかが漂っている。山口君はこんなにやさしい両親に……僕のお母さんは僕をどう思っているのかな？》

佐藤君の父親は、「それでは、本当に突然お伺いしましてすみませんでした。却って、ご迷惑をおかけしてすみません。良太さんには直接、義男から謝らせますので、お伝えください。本当に申し訳ございませんでした」と丁重に挨拶をして、二人は帰途に就いた。

佐藤君の父親は、家に着くとすぐに、山田先生の電話番号を聞き出し、担任に電話した。

「義男！　山田先生に約束したそうだな。どういう内容か覚えているか？」

「はい！　いじめは二度としません。え〜と……あと……」

「あと……なんだ？」と父親は言った。

山田先生からは二度としないということだけを聞いたので、義男の弁に、「あの仲間から抜け出す方法か？　う〜ん……」と言って、また天を仰いだ。

《子供心に感じた恩が仇になってしまった。それにしても、義男が資金源になっている。そう簡単ではない、こっちのほうが大変だ》

「義男！　お母さんが帰ってきたら、夕食後にもう一度相談しよう！」

そして、やり残したことがあると言って、病院に戻って行った。


かなと山口君は、リナの家できゃっきゃ騒いでいる。かなは、リナの家の異国情緒あふれる環境が大変気に入った様子だ。いたるところに家族の写真が飾ってあり、リナの成長が写真で読み取れる。観葉植物が隅々を占領していて、南国にいる雰囲気をかもし出していた。天井から貝殻の飾りがぶら下がった居間のソファに、三人が並んで座っている。なにやら、リナのアルバムを開いて、ワイワイしていた。

「リナ！　これはなにしている写真？」

かなが聞いた
「リナの誕生日パーティなの！」

「エー、こんなに盛大なの！」

「そう！　リナの国では家族と親戚中が集まるの、大体、百人くらいいるかな？」

「へえー、すごい！」

かなと山口君は興味津々だ。

「この羊はなにするん？」

山口君が聞いた。

「次のページ見て！」

「エー、これなに？」

「丸焼きよ！」

羊はパーティの参加者のおなかに収まってしまうのだ。お国が変われば文化も変わる。

リナの生まれ育ったお国の話で盛り上がった。

「リナ！　これなに？」

と立ち上がってかなは壁にかけてある証書を指差した。

「あっ、それねー、それは英検の合格証なの……」

「英検って、あの英語の試験？」

「うん、そうなの！」

「へえー、リナは頭いいと思っていたけど、英語もできるんだ！」

かなは合格証書をまじまじと見ながら言った。

「これって、リナ！　なんて書いてあるの？」

リナは英語で書いてある合格証書を読み上げた。かなと山口君はリナの流暢な英語の発音に感心しきりだ。

「リナ！　学校での英語の授業ちゃんと聴いてるの？」

かなは素朴な疑問をぶっつけた。

「うん！　ちゃんと聴いてるよ！」

「でも、つまんなくない？」

「ほとんどわかっていることなの。でも、日本ってこういう風に教えるんだって、結構おもしろい」

「ふうん、うらやましい！」

かなは、リナの発音は先生のそれより数段も上、これが本当の英語なんだ、とわかった気がした。

「リナ！　かなは頭悪いの！　今度英語……アアッ、英語だけでなく勉強、教えて！」

かなはおねだりするように言った。

「かな！　ぜん～ぜん、大丈夫！　いつでもオーケーよ！　ただし、わたしがわかることなら～だよ」

「えー、ほんとー！　ありがとう！　リナ！　今度必ずね！」

「は～い！　オーケーで～す」

リナはかなの押しに屈服したかのように言った。

二人は時間が経つのも忘れて、リナの日本での生活やお国話に耳をかたむけていた。リナのスケールの大きさは国をまたいで生きてきた証、生きることにくよくよしない前向きな姿勢を二人はたっぷり味わった。

帰り道のかなと山口君は、自分のスケールの小ささを嫌というほど知らされた。リナにいい刺激を受けている。二人はリナのように積極的に生きたいと思うようになっていた。
《ああ、こんなにすがすがしい気持ちって、……本当に友達って大切だ》
かなは友達のなにかをつかんだ。二人の笑い声が通りに響き渡った。

お手伝いさんが作ってくれた夕食を、義男君は父親と二人でとっていた。この家にはお手伝いさんがいて、母親が出かけていないときには、食事の支度をしてくれていた。

母親は「ただいま！」と帰ってくるなり、着替えもせずダイニングに来て、

「よしお！　あなたはなんてことしてくれたの！」

と二人の前で怒りをぶつけ出した。なにかの集まりで家を空けていたので、父親がこのことをメールで連絡しておいたのだ。母親は社交性に富んだ女性で、外での活動はボランティアを始めとして熱心である。そして続けた。

「パパの名誉に傷がついたら大変なことよ！」

「ママ！　そういうことじゃないんだ！　義男は十分反省したし、二度としないと約束もした」

と、父親は義男君をかばった。母親はまだ言い足りないのか、

「よしお！　パパを見習いなさいって言ってるでしょ！」

「ママ、とにかくその服を着替えて、三人で落ち着いて話そう」

と父親はさえぎって言った。母親は佐藤家の面子にこだわっているのか、ぶつくさ言いながら着替えに行った。

《お母さんは、本当に僕をどう思っているんだろう》義男君はむなしさを覚えた。

義男君はついこの間まで母親をママ、父親をパパと呼んでいた。が、自意識に目覚めたのか、皆の呼び方がお母さん、お父さんなのでそっちの呼び方に変えた。母親は連れを呼ぶのにパパ、自分をママ、そして義男君はよしおと呼び捨てだった。父親は義男君との会話では母親をお母さん、連れとはママ、自分をパパと呼んでいる。

母親は戻ってくるとキッチンに立ち、「パパはコーヒーでいいかしら。よしおはいつものジュースね！」と言って準備をしている。二人はリビングに席を移していた。ソファに腰を下ろして、父親は義男君を諭していた。

《お父さんは僕を真剣に思っていてくれている。が、お母さんは僕より外のことに熱心なんだ》義男君には、なんていう母親なんだろうか、という思いが芽生えていた。

いじめっ子の仲間に入ったのも、母親に対する当てつけが一つの要因。それに母親にもっと注目してもらいたいからなのだ。なのに全然気が付かない。義男君は、《本当に最低な母親だ》と辛らつに考えるようになっていた。

《本当にお父さんがいなかったなら、僕はぐれてたろうに……お父さんのなにかが今、首

の皮一枚でつなぎとめている》

飲み物を運んできた母親は、テーブルに置きながら、

「よしお！　パパのお仕事をよく考えなさい！　それに病院にも」

と言いかけてソファに腰を下ろして、

「あっ、そうだ！　パパ！　今日の防犯の講習会に山田先生のお父様がいらしてましたの。こんなことだったらもう少しお話ししとけば良かったのかな？」

「う、う、ん、それは……」

と父親は言って腕組みをして、

「さっき、山田先生には私から報告した。先生は義男が自主的に謝りに行くと言ってくれたのを評価していた。とにかく、義男に強く当たらないでくださいとも言ってくれた」

「あら、よしお！　先生とはどんなお話をしたの？」

義男君はジュースを口に含み、ごくりと飲み込んで、ぼそぼそと話しだした。

「先生が山口君をいじめているのね！って聞いてきたので、僕はすぐに認めた。先生は、ではどうするの、と言ったので、直接謝りたいと言った。……ちょっと待って、って言われたが、僕がすぐに謝りたいっと言ったら、先生は同意してくれて……それに僕を先生は大切な子と言ってくれた」

と言って母親を見た。母親は目をぱちくりして、返事に詰まっている。

父親が言った。

「山田先生は子供たちには母親のように接しているそうだ。あの先生のいいところは皆に同じく、そう接することだ、と聞いたことがある。教え方も上手なんだが、子供とは一対一の関係を保とうとしているそうだ」

母親はなにかを感じたのか、席を立って自分の飲み物を取りにいった。ジュースを手に戻ってきて、

「山田先生は、よしおを大切な子だって？」

「うん、先生は僕だけじゃなく、なにか深刻なことがあるとその子に……」

「そうなの……」

母親はコップの水滴を人差し指でなぞりながら、ふっとため息を漏らした。義男君の「先生」と言うまなざしは、母親に対してのそれよりも信頼に満ちていた。母親はそれを見て取って、混乱している。

父親がおもむろに言った。

「ママはもう少し義男にかまってやる時間をとってほしい。義男はまだ子供だ！　そういう私もこれからは気を付けるよ。義男に寄り添う時間をもっとお互い増やさねば……」

義男君は黙って聞いていた。母親が口を開いた。

「そうね。よしお、ママは間違っていたのかもしれない。お外のことばかり気になって、

よしおのことを……」

と言って黙した。母親として足りない自分が露呈している。そんな自分を感じてむなしさを覚えてきていた。義男君は、

「お母さん！　お父さんはいつも僕を気遣ってくれる。でも母さんはそんなでない！」

と強い口調で言うと、自分の部屋に駆け上がり、バタンとドアを閉める大きな音がした。

気まずい空気が二人に流れている。父親はコーヒーを口にして、それを戻そうとせず口元に近づけたまま言った。

「ママ！　義男は君の愛情に飢えている。私がそれを埋めようにも、男の私じゃどうにもならない。山口君の家の帰りに、山口君の両親はあんなにも彼を思っているんだね、ととても羨ましそうに言っていた。私たちと比べていたに違いない。正直私はその言葉にドキッとした」

「そうなのね！……パパ、どうすればいいと思いますか？」

「うん、ママが気が付いたことはわかったのだから、素直に謝ったほうがいいと思う。義男は徐々に自我に目覚めてきている。今からでも遅くはないと思う」

母親はジュースを飲み干すと、一息ついて義男君の部屋に向かった。

かなは家に戻ると、リナの家でのことを再度思い返していた。

《自分もリナのように、積極的に生きたい》

リナに良い影響をもらっているかなは、なにか明るい兆しを心にともし始めている。

家の電話が鳴って、母親が「かなちゃん！　出てくれる？　お母さん、手が離せないの！」と声をかけた。

「は～い、じゃあ、出る！」って言って、かなは受話器をとった。

「もしもし、僕は佐藤と言いますが、かなさんはいますか？」

「はい、かなです！　佐藤君！……わたし」

突然の本人に少し戸惑って、

「あっ、かな……今までごめんなさい！　本当にごめん！　先生に、もういじめはしないって、約束しました。それで電話したんです、本当に今までのこと、すみませんでした」

と一気に言った。

「え～、佐藤君。ありがとう。謝ってくれて……うれしいです」

「あっ、あっ、それで、かな！　さっき山口君の家に行ってきたんです。そのとき、山口君はリナの家に行った、と山口君のお母さんが言っていた。かなもいたんですか？」

「そう、山口君と一緒にリナの家にいたの」

得意げに、元気よく答えた。そしてかなは、

「なんで山口君ちに？」と素朴な疑問を投げかけた。

「お父さんと謝りに……」

申し訳なさそうな、か細い声だった。

「そうか。じゃあ、山口君も少し安心だね、あと二人はわかんないんでしょ？」

「うん、わかんない」

「そうか。でも、電話ありがとう！」と言って切った。

お母さんが「誰から？」って聞いてきた。「うん、友達」って言って、リナの家で山口君がはしゃいでいた姿が浮かんできた。

《まだまだ、山口君は予断を許さない状況だ、わたしはこれですっきりしたけど》

ガラガラと玄関の戸を開ける音とともに、「ただいま！」という声が聞こえた。山田先生は二階の自室から下りて行き、珍しく父親を出迎えた。

「おっ、智子珍しいな……お出迎えなんて！」とひやかして言った。

「いいえ、夏休みですから、これしきのこと、して差し上げられますの！」と山田先生は返した。

「なにか？　買って貰いたいものでもあるのか？」

「いいえ、そういうことではありません！」

と言って、父親のかばんを手に取り、いつものところに置いた。

《わしを一本釣りしようとの魂胆か？》

「ますますあやしいの～……くわばら、くわばら」と言って、洗面室に向かった。

茶の間で待ち構えていた山田先生は、母親が入れてくれたお茶を口にしながら、父親がまだ座る前に、「お父さん！　知恵を拝借したいの！」と切りだした。父親は、「ふん、珍しいこともあるもんだ」と言いながら座った。

「お父さん！　本当に困ったことが起きてしまった……」と話しだした。

じいっと山田先生の話を聞いていた父親は、腕を組んでなにかを考えている。

「智子！　これは私の意見だが、お前がまず直接山根君の家を訪問する。登校日に出てこなかったから様子を見に来ました、という理由にする。山根君はこれが良いだろう」

と言って、また腕組みをしたが、

「智子、まずは休戦しよう。母さん！　食事の支度お願いしますよ！」

と言いながら自分の部屋に行った。父親は自室でなにやら黙想している。

夕食の席に着いた父親は、食事の間もなにかを考えている様子。「お父さん！　ほら、こぼしますよ！」という母親の言葉にも無反応な父親は、あまり見たことがない。

「そうだ！　こうしよう！」

と突然箸を下ろして、お茶を口にした。うまそうに喉に通すと、

「智子！　鈴木君はな、ひょっとすると、家庭内暴力かもしれん。だからそこから立ち去

った。知られたくなかったんだろうな」と言った。

「私も、そう思う」と山田先生が口を挟んだ。そして父親は続けた。

「鈴木君は、家ではその傷のことも話さないだろうから、ついでに山根君に鈴木君を誘ってもらって、学校に来るように言ってみたらどうかな……」

一呼吸置いて山田先生は、

「うん……そうですね……。それしかないかもしれない」

迷った返事だが、《やってみるか》と決心した。

「智子！　今日の防犯講習会でな、佐藤先生の奥様に会った。あいさつを交わした程度なのだが、お子さんのことは知らされていなかった感じがする。ただし、いつもは最後まで残っている方なのだが、うちに用があるといって、すぐに帰ったそうだ」

「それでは、佐藤先生から連絡が入ったのかもしれませんね」

「うん、あの帰り方はそうかもしれんな！」

「あっ、それとな、智子！　彼らを決して問い詰めてはいけない、わかるか？……彼らは家庭内に問題を抱えている。そのストレスを学校で発散している。それがきっといじめになっているんだ！」

「そうですね、家庭の暴力ということであれば、教師では手に負えないことですもの……お父さん、とにかく明日、山根君の家に行ってみます！」と、急ぎ二階の自室に戻った。

母親が口を開いた。

「お父さん、例のお手紙！」

「手紙？」

「あのごみのお手紙」

「あっ、あれな！　そう、なにかあったか？」

「それがですね、返事がありましてね」

「ほう、それで」

「ご丁寧な文章でね。智子も感心していましたよ」

「ふ～ん……」

「そのね、なんと言いますか、ギャップが。こんなこと言っては失礼かもしれませんがね、空き缶と返信のギャップが、なんとも埋まらない様子でしたよ」

「人を空き缶集めだからと、決めつけてしまう世の趨勢があるからな。気を付けなければいけないってことだろうな～」

一息ついて、

「智子には、その差別的な考えではいかん」

と言うそばから、

「そうですよね。だいぶ反省の面持ちに感じていたようです」

と母親の弁。

「うん、職業に貴賤なしじゃ！」

「ほんと！　ですよね」

二人は大きなため息を漏らした。


山田先生は山根君の家のチャイムを鳴らした。中から「海斗！　誰か来たみたい、出てくれない！」と声がして、ドアの鍵を開ける音がした。

「あら、こんにちは！　山根君！　体の具合でも悪いのかと思ってきてみたの？」

「あっ、先生、ちょっと……」と言ってすぐに戻り、母親に担任が来たことを告げた。

《え～！　なにごと？》

「海斗！　先生に私が！」って言って先立って出てきた。

「先生、海斗が……なにか……？」

「いや、特別なことではないんです、登校日にお休みだったものですから……突然訪ねてしまって、すみません！　体でも壊してしまったのかなと思って……」

「え～、海斗！　登校日？……だって……」

母親は自分の息子の登校日を知らされておらず、あたふたしだした。

「先生！　立ち話ではなんですから」

って中に通そうとするが、

「いやいや、お母様、今日は海斗君と少しお話をと思って！」

「母さん！　先生は俺に会いに来たんだからさ！」と母親の後ろから出てきた。

海斗君は玄関に来て半開きのドアを押し開いて、「先生！　外！」と言って外に誘った。

山根君は家から少し離れた立ち木のそばに来て、

「先生、ごめんなさい。うちじゃあ、母さんがいるし、話しづらいので」

「ええ、いいのよ、体が悪いわけではなさそうね！……ところで、お願いがあるの？」

「え～、はい！　俺に？」

「お友達の鈴木君を誘って、明日朝九時に学校に来てほしいの、できますか？」

「うん、俺はいいけど、鈴木はわかんない？」

「そうね、できるだけでいいわ、とにかく、明日、山根君だけでもいいから来てくださいね！」

「先生！　いじめのことですか？」

先制攻撃された山田先生は、一瞬はっとしたが、「うん、そのこともあるけど……」と口を濁し、「山根君！　いろいろお話ししたいことがあるの、いい？」と言って、微笑とともに覗き込んだ。

山田先生は笑顔が武器になることを知っていた。笑みを絶やさないことで、できないこともできるようになると確信しているのだ。

「うん、先生！　鈴木も連れて行きたいけど……俺たち、叱られるんでしょ！」

「あら！　お見通しなのね！　山根君！　それだけじゃないの！……明日の楽しみにしましょう！」と言って、にこっと山根君を見た。

彼は行きますという意思表示の姿勢を見せたので、先生は彼に手を差し出し、握手を求めた。彼は一瞬驚いた顔をしたが、先生と握手を交わした。そして、駆け足で家の玄関に戻ると、くるっと向き直ってお辞儀をした。

先生も満面の笑顔で、軽く会釈をした。その顔はやさしさに包まれている。

《先生が俺に握手をしてくれた。ほかの先生とは違うと思っていたけど、やっぱ、山田先生はいい先生だ！　明日必ず行かなきゃ！　鈴木に連絡だ！》

山根君は母親に出かけると言って、鈴木君のところに向かった。


「先生、おはようございます！」と言って、山根君は職員室の入り口に立った。

「えっ！　あっ！　山根君！　早いわね！　来てくれてありがとう！　ちょっと待って！」

先生は机の書類を片付けると、「山根君、教室に行きましょう！」と言って廊下に出た。

職員室に日直の先生一人がいたので、教室に誘った。歩きながら、

「鈴木君は、やっぱりだめだったのね？」と聞いてみた。

「いえ、鈴木は来ます！」

「えっ、来てくれるの？」

「はい、後から来ます。アイツは来ると言ったら来ます」

「ほんと、ありがとう！　そういう約束は守るのね！」

「……う、うん」

山根君は返事に窮した。

教室に入ると、彼は自分の椅子に座り、先生はその前の椅子に後ろ向きにまたいで座った。山根君はその一連の仕草を追いながら、《先生はかっこいいな》と、机をはさんで対峙した。先生は椅子の背もたれに両手を組んで、祈りのポーズにあごを乗せた。山田先生がなにか真剣なことをしようとするポーズなのだ。

《そろそろ始まるな……》山根君は身構えた。

「山根君、今日は出てきてくれて、ありがとう！」と再度、礼を言った。

「ところで、もう言わなくても、わかっているのよね。山口君をいじめていること！」

と言ったら、

「先生、ごめんなさい。俺が悪いんです。全部悪いんです。……あいつらは悪くありません」と挟んで、強く続けた。「あいつらは俺の命令でやっているんです」

「ふうん。ということは、山根君が首謀者なの？」

い。

「はい、そうです！」

あまりの素直さに、先生はしばし彼の目を見つめていた。そういう時も笑みを絶やさない。

《先生の目は真剣だ、でも、笑顔でいてくれている、次はなにが来るのかな？》

「山根君は、どうして鈴木君と仲間になったの？」

「うん……。鈴木と悪ふざけをしていたら、本気になって殴ってきたんです。結局、俺が馬乗りになって、鈴木は降参した。それから、仲良くなりました」

「ふうん、子分ができたようなものなの？」

先生も素直に聞いた。

「鈴木はどんな風に思っているのか、俺は鈴木を子分とは思ってはいません」

「そうよね！　親分、子分じゃ、やくざ屋さんですものね！」と言って笑った。

「それで、と……山口君をターゲットに、ずっとやってきたんですよね！　それで、どんな気持ちなの？　なんで山口君なのかしら？　先生は、それが知りたいの」

「う、う〜ん？　……多分、山口は仕返しができないし……弱く見える……。それに……あいつ、先生に言いつけたりってできないヤツ……」

「ふう〜ん、そこまで見通しているのね。あなたの分析力はすごい！　ほめてんじゃないのよ！　でもね、そういう才能は、もっと違うことで使ってほしいな！　今までの悪行をどうするつもり？　今日来てくださったということは、覚悟してたんでしょ？」

「先生！　俺は弱い性格です。もともと弱虫なんです。それで、強がりしてるんです！」

「ふう～ん、ちゃんと自分がわかってるのね！」

「はい！」

「まあ……あなたの腕力で多くの人が泣かされているとすれば、大変なことですよ！　そんな、はい！って簡単なことではありません！」

「はい！　わかります。自分がのぼせて、逃げ回る人を追いかけて、楽しんでいるんですから」

先生は山根君の自己分析に感心しきり。《そこまでしっかり自分を持っていながら、自分のやることが悪いことと知っていて……なぜ？》

「山根君！　先生に約束してくれる！」と言って、彼の目をじっと見た。

彼は笑みをこぼしながら、「はい！　なんですか？」

山根君は先生に凝視されて、心底照れくさい感じになっていた。

「笑ってる場合じゃないのよ。このようなことを二度としないと、先生に約束できる？」

と言って、またじっと見つめた。もう彼はこみ上げてくる笑いを、抑えきれなくなり、

「クッ、クッ、うっ、う、ふん、わっはは、わっはあー！」

と声に出して笑いだした。

先生もぷっと吹き出して、一緒に笑いだした。

《この子は、もう大丈夫。約束は守ってくれそうだ》

「先生！　俺はもうしません！」

「ほんと！　ほんとに！　ありがとう！　約束よ！」

「はい！　約束は絶対守ります！　俺、約束は破ったことはないんです。どんなことでも！」

「そう……それは、悪いことでも、なのね！」

「はい！」

「じゃあ、これからは、悪いことは絶対しないって、約束よ！」

「はい！　絶対しません！」

先生は姿勢を正し、改まってこう言った。

「山根君！　あなたは先生にとって大切な子なの！　わかる？」

先生はまた、笑顔で見つめた。

山根君は口元をぎゅっと締めて、「先生……」と言った。

「先生はね！　みんなが知っているように、独身で子供がいないの！　でもその代わり、みんなを自分の子供と思っているの！　だから、ひとりひとりが、大切な子……」

「先生、俺は乱暴でばかです！　みんなは親に大切にされている。でも俺んちはやさしくないんです。……だから。それに……みんながうらやましいんです。それであんなことを……」と本心を吐露し、さびしそうな顔をした。

　先生はやさしい目をして、

「山根君！　お父さんとお母さんがやさしくないからといって、大切に思っていないということではありませんよ！　親にもいろいろ事情があるの。そういうことを直接言えない親はたくさんいるの！　だって、ご両親はあなたを叩いたりしないんでしょ！」

　と言った。

「うん、俺は叩かれたりはしない。もっと小さいときに父さんが俺をぶとうとしたら、母さんが止めてくれた」

「それって、あなたを大切に思っているからじゃないの？　先生はそう思うけど」

「うん、俺にはよくわかんない」

「そうね、親子だってわからないことだらけなのよ。これが現実なの。でもね！　山根君、先生があなたを大切に思う気持ちはわかってくださいね！　いい？」

　と先生はやさしく言った。

「先生、俺は悪い子です」

　先生は笑顔で首を左右に振った。

「あなたは強がりをしているだけ！　自分で弱い子って言ったでしょ！　先生はわかってます！　本当は強い子なの、悪ぶっているだけ！　だって、佐藤君を助けたんでしょ！

強くなければ、そんなこともできません！　いい！　今日の今から、本当の山根君になるのよ！　約束できる？」

「先生！　ごめんなさい！　俺は変われますか？」

「変われますとも！　あなたが変わったら、クラス中が変われるのよ！　わかる？」

山根君は外に目をやって、うれしそうに笑みを浮かべた。

《誰かに大切に思われている。こんなにも気持ちいいもんかな》

「先生！　俺、山口に謝ります。それと、誰かがいじめたら、やめさせます！」

「そうよ、あなたにはそれができるの！　いい、今日から変わるのよ！　約束よ！」

と言ってにこっと笑い、ダメ押しに、

「山根君！　つらいことがあったら、必ず先生に相談するの！　家のことでも、学校のことでも、全部よ！」

と言ってじいっと山根君の目を見た。

「先生、俺はやります！　先生に変わったね！って言われるようにがんばります！」

強い決心だった。先生は微笑み返した。そして、うなずいて「うん！」と言って黙した。

廊下を駆けてくる音がして、教室の入り口で停まった。

「先生！　ごめんなさい、遅刻しました」と言って、荒い息を立てている。

「あっ！　鈴木君、来てくれたのね。わぁー！　うれしい！　山根君にはきっと来ますって聞いてたの！」と言って鈴木君を手招きした。

「さあ、自分の席に座って！」

と着席を促し、振り向いて山根君に、

「そうっ！　山根君！　さっきの話は約束ですよ！　忘れないでくださいね！」

「はい！　もちろんです！」

「ありがとう！」

と言って、

「先生のお願い聞いてくれる？」

「はい！」

山根君は、元気のいい返事をした。先生は彼に席をはずし、終わったらまた呼ぶので、外で待っているように頼んだ。彼はサッカーボールで遊んでいると言って校庭に出た。

先生は鈴木君の前の席に、さっきと同じポーズで対面した。そしておもむろに口を開いた。

「今日、ここに来てくださってありがとう。山根君が誘ってくれたのね。どうだった？」

鈴木君はしばらく黙っていたが、

「……先生、この前逃げてしまってごめんなさい。どうせ、そのことだろうと思っています」

消え入るような声で言った。

「うん、その通り、と言いたいけれども、それだけじゃないの！　たくさんあるのよ！」

と言って、鈴木君の顔をまじまじと見てから、一呼吸して、

「鈴木君！　先生はね、ごめんなさい！　あなたのその唇の傷が気になってしかたないの」

いきなりきてしまった質問に、隠そうとしていた気持ちが吹っ切れた鈴木君は、

「父さんに殴られました！」

と今度はしっかりした口調で言った。

《先生って鋭いんだ。隠せないな》

「なにか原因があったの？」

鈴木君は下を向いて、まだ治りきってない傷に舌をあてがって、まだ腫れていることを感じ取っている。

「すみません、先生、なんで殴られたかわかりません」

「そんな時、お母さんはどうするの？」

「止めようとします……」と言って、口ごもった。

先生はやさしい目を鈴木君に向け、言った。

「つらいのよね、鈴木君！　でもね、先生と二人の秘密にするから、話してくれる？　本当にこのことは誰にも話さない。先生を信じて……」

そしてじっと鈴木君の目を見つめて、小指を出すと、

「鈴木君！　指切りげんまんしましょ！　二人の秘密！」

と言って、鈴木君の目の前に小指を突き出した。鈴木君は照れ笑いをしながら、先生の屈託のない行為に、素直に応じた。そして小指を絡ませた。

《先生のこんな姿勢は見たことがない、本当に気遣ってくれている》

鈴木君は苦渋に満ちた表情をしながらも、家庭の不安定な状況を残り隠さず話した。

話し終わると、ふっと息を漏らして、さばさばした様子だ。

《父親は自分の思うようにならないことを、子供にぶっつけている。その上、生活の乱れが子供に反映してしまった。親は生活に追われて子供どころではない。家庭の事情はどうにもならない。貧困が付きまとっているんだ。私にできることはなんだろうか？……所詮、対症療法しかできない……》無念の思いがこみ上げてきている。

先生はなんて声をかけていいやら、迷っている。そして、思い切って言った。

「鈴木君！　先生はどうすればいいと思う？」

わからない自分をぶっつけた。当然、鈴木君も返事ができなかった。

沈黙を破って鈴木君は言った。

「先生はこんな俺でも……叱らないのはなんでですか？」

「あら！　鈴木君は、こんな俺って、言いました？　それに、叱ってほしいのね……」

「はい！」

　先生は改まって、

「鈴木君！　もう、自分が悪い事をしたって、反省したのよね！　先生にごめんなさいと言ったのは、それって本心なのよね！　……それで十分なの。それより、これから、けっしていじめはしないことを約束してくれる。あなたは先生にとって大切な子なの、わかる？もちろん、ご両親にとっては鈴木君はもっと大切な子、でも先生にとっても大切な子なの、あなたが大きくなって、先生を思い出してくれたら本望なの！　立派なおとなになってほしいの！」

　と言って彼をじっと見た。

　鈴木君は先生のやさしいまなざしに、観念したかのように言った。

「先生！　今までごめんなさい！　ほんとにごめんなさい！」

　と言う目に、涙があふれていた。

　先生はハンカチを差し出したが、彼は手で拭こうとしたので、

「ほら！　これを使いなさい！」

　と言って彼の手をつかみ、ハンカチを握らした。そして言った。

「いい、今までのことは忘れましょ！　ただし、山口君には本気で謝るのよ！　山根君も謝ると言っているの！　一緒に謝るといいかもね？」

「はい！　もう意地悪はしません！」

「ありがとう！　約束よ！　あなたと山根君が変わると、このクラスは一番のクラスになるのね！　みんなが楽しく過ごせるクラスにしたいの！　先生に協力して！」

「先生！」

「じゃあ、鈴木君！　山根君呼んで！」

彼は窓から大きな声で山根君を呼んだ。二人は先生の信頼を得たことで、すっかり元気になっていた。自分の席に着こうとする鈴木君に、

「いい？　つらいことがあったら先生に必ず報告するの！　約束できるわね！」

「はい、そうします」

「家のことでもよ！」

と言って、先生は机に置いたバッグからペットボトルを取り出し、一口含んだ。《彼らのつらいことは聞いてやれる。それが慰めになる、そんなことしかできないんだから……》

山根君が戻ってくると、鈴木君の隣の席に座らせて、

「これから、共同作業よ！」

と言って、先生は椅子から立ち上がり窓辺に移動した。彼らは顔を見合わせて先生の動きを追った。逆光を受けた先生の姿が、二人には暗闇の中から現れた天使に見えている。

「これからの質問は、二人で相談して答えていいわ！」

と言ってにこっとした。先生は、佐藤君から手に入れたゲーム機やその他のものを、二人にどうするかを問いただした。金銭はともかく、彼らはすべて返すと主張したので、先生はその言葉で満足だった。そこで言った。

「君たちは佐藤君からいろいろなものを手に入れてきましたよね、今日からそれはできません。佐藤君にもこのことは伝えます。今までのものを返すと言っていることももちろん伝えます。決して、他人からものをいただくようなことはしない！　我慢ができる子になってほしいんです。約束できますか？」と改めて強く言った。

二人は「はい！」と元気な声で返して、互いに顔を見合わせた。先生の信頼は、二人にかなりの自信を植え付けたようだ。

《膝詰めをした結果、この子たちは自信を取り戻した。完璧とはいえないが、やはり子供たちとは一線を画してはいけない、一対一が功を奏している》山田先生は複雑な気持ちであった。

先生は二人を帰すと、家に向かった。愛用の車でお気に入りの音楽を聴きながら考えた。

《まずは、佐藤君のところに電話を入れて、二人のことを話す。きっと両親も安心してくれるだろう。それはいいとしても、あの子たちは、家庭に問題を抱えている。学校でも不安な気持ちでいるんだろうか？　どうすればいいんだろう》

そのころかなは忘れ物を取りに学校に向かっていた。学校に近づくにつれ、山口君をいじめている子たちに思いを巡らしていた。あの後、先生はどうしたんだろうかと、先生に確かめることのできない自分を不甲斐なく思っている。

自分は幸運にもうまくいって、一方で山口君はいろいろ聞かれたのはいいが、その先が読めない。なんとなくすっきりしないもやもやが頭に充満していて、山口君のことを考えると、まだ快晴という訳にはいかなかった。

通りの向こうから歩いて来る二人連れの少年が目に入り、嫌な予感がして、かなは彼らの反対側の右側に移動した。

二人の姿が段々大きくなり、楽しそうに肩を組んで歩いている様が目に入った。

《あれ、山根君と鈴木君！　やばいな！》

目を合わせないように、知らんぷりして通り過ぎようとしていたら、二人が駆け寄ってきたので、思わず後ずさりして立ちすくんだ。

二人は前に立つと、いきなり、

「かな！　今までのこと、勘弁してください！」

って二人して頭を下げた。唖然とするかなに追い打ちをかけるが如く、

「もう二度といじめはしません」

とお辞儀を繰り返した。

「え、え、なに？　なに？」

かなは、彼らの変わりようにただただ、その様子を夢ではないかと目を見開き、凝視している。そして、

「本当にごめん！」

と言って、手を差し伸べてきた。かなは彼らのされるままに、同じように手を差し伸べ、握手した。きょとんとするかなに、

「山田先生と約束したん。俺たちは絶対これを守る！」

って言うと、勢いよく駆け出して、少し離れたところで立ち止まり、振り向きざまに一礼をして、また走り去った。

《な、な、なんだったのか？》

まだ状況がよく呑み込めないかなは、《とにかく学校に行かなくっちゃ》と先を急いだ。そして歩きながら考えた。《山田先生と言っていた……。たぶん、さっき学校で先生に会っていたのかな？　もしも先生がいたら、ついでに聞いてみよう》

教室で忘れ物を手にしたかなは、職員室に向かった。誰かがいる気配があり、ノックしてドアを開いた。

宿直の先生がいたので、「先生こんにちは、宮沢といいます」と挨拶した。

「あっ、こんにちは、宮沢さん……今日は、なんで？」

「忘れ物を取りに来ました」

「あっ、そうか。で、あったの？」

「はい、忘れ物はありました」

「それは良かった」

「はい、それで～、先生は、今日、山田先生が学校に来たのを知っていますか？」

「うん、ちょっと前までいましたが、帰りましたよ」

「そうですか。わかりました」

「なにか伝えたいことでも？」

「いいえ、特別ないです。ありがとうございました」と言って、学校を後にした。すんなり職員室に行けた自分と、臆していた以前の自分となにが変わったんだろうか、自分の変わりように、足取りは軽かった。

《家に帰ったら、山口君にすぐ電話しようっと》

山田先生は夕食後、煎りたてのコーヒーを口にして、その後、鼻に近付け香りを楽しむ仕草をしながら、両親に今日のいきさつを順序立てて話しだした。

「お父さんに相談したあのことについては、助言通りにことが進んだんです。さすがお父さん！」と言って父親を見た。

「それに、いじめはもうしないと約束させました。それより彼らが自分を信頼してくれたことがうれしい」と報告した。

「智子！　生徒との信頼関係は、教育では最優先事項だ。改悛させるだけでなく、そのあとのフォローも大切だぞ。クラスの全員とその関係を築いてほしいもんだ。私は教師と塾の先生の違いはそこにあると思っている。授業を通し、教え、育む。そこに必要な信頼関係だ。がんばってほしい」

「そうですね。今回のことで、わかった気がするんです」と智子先生は言った。

佐藤君の父親に電話で、佐藤君と二人の関係も終わらせ、佐藤君からの戦利品も全て返す約束を取り付けたことなどを伝えて感謝された旨など、真剣な顔を向けてくれている両親に語った。両親は我が子の教師としての成長に深く感銘している。

そこで、一服している父親に話しかけた。

「お父さん、家族の生活の乱れが子供に影響していて、それがいじめにつながったりしている。これってどう思いますか？」

「私も、それは強く感じていた。そういう親は生活に追われていて、子供どころではないんだ。社会は冷たいもんで、見て見ぬ振りをしている。教師も然りだ。そこまでは口出しできないと、皆感じているんだな。残念なことだ」と父親は言った。

「小学校とはいえ、教育にお金がかかりすぎますよね。余計な出費がありすぎると思っています。本来教育には、そう、せめて義務教育には、一銭もかからない社会環境をつくってほしいと思っています」

山田先生はきっぱりと言った。

黙って聞いていた母親にも、「お母さんはどう思う?」と問いかけた。

母親はお茶を一口すすって、言った。

「智子さんの疑問は、私も現役の時にそう感じていました。お金持ちの子は小学時代はおおむね成績がいいの。これって実力ではない、環境がそうさせている。だから、中学生や高校生になって、恵まれない家庭の子が実力を発揮するのは、なにかきっかけがあるの。目覚めるというか、あの子がこんなにも優秀な子に!なんてことは、智子さん、ざらなのね。私は小学校の教育は、なにに興味を示すか、これを早く見つける教育が本当は必要だと思っていました。その子の才能を見つけ出す、そのことのほうが、その子の人生にはプラスになるはずよね。それには智子さんの言うように、お金がかからない義務教育なら、小学時代に自分の才能を自覚させることができるのよね。これが、本当のゆとり教育だと思う。今の詰め込み教育では、本当の力は見つからない」

父親が口をはさんだ。

「本当に優秀な人材をつくり出すには、今の教育環境では難しい。北欧のように教育にお金がかからない、義務教育などといわず、大学までお金のかからない国になってほしいもんだ。お金持ちの子が塾に通って一流大学に入っても、そこまでの能力だ。日本が世界に比べて落ちていっているのは、そこに原因がある。今は、ノーベル賞の人材を輩出しているけれども、この先はお隣の国に取って代わられるだろう。所詮、島国根性での教育環境だ。経済ではグローバル化などと言っておるが、そういうことには惜しみなく金をつぎ込む。目先のお金にとらわれすぎているんだ。教育を抜本的に改革しない限り、明日は無いのにな。残念なことだ。本当のところ、小さなうちから自分の才能を見いだせる教育が必要なんだ。こうすれば、ひいては日本を救うことになると思っている。大体、この国には資源がない。今のままで行くと人材という資源も枯渇する事態になってしまう気がする。教育に税金を使わな過ぎるんだな、この国は……。教育機会均等を今すぐ実行すべき時期がきている。本物の、それこそグローバルな実力者が生まれる環境が必要だ」

と珍しく熱弁をふるって、うまそうにお茶を口に運んだ。

「結局、政治に行き着いてしまうのね」と言って、山田先生は大きなため息を漏らしながらコーヒーを口にした。三人は、堅い話が政治に行き着く無念を感じている。

一時の沈黙があって、

「ところで、智子……」

と父親は話題を変えようとした。先生はなにかを察したのか、

「あっ、お父さん！　私、これから鈴木君のお父様にお手紙書かなくっちゃ！」

と言って、二階に上がってしまった。

両親は、《また、逃げられた》と顔を見合わせて苦笑した。そして父親は、気をとり直して言った。

「智子は一皮も二皮も剥けてきたということだ。なにより子供たちの信頼を得た。教師として最も大切なことなんだ。なあ、母さん！」

と、お見合い作戦をすり抜けられた腹いせに言った。

二人は魚屋の前に立った。

「よっ！　いらっしゃい」

「良太君はいますか？　僕は山根と言います」

「僕は鈴木と言います」

と山根君と鈴木君は緊張した面持ちで、先生との約束通り山口君の家を訪ねた。

「あれれ、良太の友達かい？」

「はい同級生です！」

二人は口をそろえて言った。

「ちょっと待って！　……え～と、さっきなにかを買ってくるって出かけたんだが……母さん！　良太は？」と奥に向かって声をかけた。

奥から「良太は買い物に出かけましたよー！」と返事があり、二人は顔を見合わせ残念な素振りだ。

「それじゃあ……山根と鈴木が謝りにきたって伝えてください！」

ときっぱり言うと、

「えっ！　ちょっと待って！　謝り、えっ！　それって、この前も……あった。え〜と、佐藤君だったかな？　母さん！　この前、良太に謝りに来た子は佐藤って言ってたっけ？」

と、また奥に向かって問いかけた。

「父さん！　この前の子は佐藤病院のお子さんよ、お父さんと来た子でしょ」

「そうだった、佐藤と言っていたな……謝りって、またそのことかい？……良太のヤツ、なんにも言わないから……」

と二人の前で戸惑いながらも言った。二人は、

「はい！　そうです。今日良太君に謝りに来ました。できれば、良太君に直接謝りたいです」

と素直に言うと、お父さんは、そういうことなら良太が帰ってくるまで奥で待っててくれ、とお母さんに声をかけて二人を奥に通した。

二人は山口君の母親が出してくれた果物とジュースを前に、奥座敷にちょこんと正座し

ている。緊張がまだ解けないでいる二人に、山口君の母親は、「そんなに、かしこまらないでいいんですよ！　どうぞ食べてください！」とやさしく声をかけた。

二人は顔を見合わせ、「はい！　すみません」と頷いて、食べ始めた。佐藤君が感じた山口家のこのほのぼのとした空気を、彼らもまた感じ入っている。

「山口は両親に恵まれているなあ～」って、山根君が呟いた。

「同感！」

鈴木君も呟いた。

《あんなに意地悪したにもかかわらず、いつも変わらなかった山口は、この両親があったからなんだ》と山根君は思った。

《羨ましいよ、ほんとに……》鈴木君も強く思っている。

「ただいまー！」って大きな声がお店に響いた。

「お帰りー！　良太！　友達が来てるぞ！」

「えっ！　誰！」

「奥にいるから……」

山口君は担いでいたリュックを下ろして、「母さん、ただいまー！」と言いながら奥座敷を覗いた。座敷の前は縁側になっていて中庭へと続いていた。縁側にはすだれが垂れ下がっていて、虫よけになっている。縁側と座敷の境には障子戸があって、障子は開かれていた。

「良太！　お友達が待ってますよ。それと宮沢さんという子から電話があったので、終わったら電話してくださいね！」

お母さんはそう言って、台所で良太君の飲み物をコップに注いでいる。

山口君は最初、かなに電話と思ったが、自分の家ながら正座している二人を目にして、《なんで彼らが？　そうだ、先生に叱られたに違いないな》と思い、まずはこちら、と天敵の二人を前にして、いささか緊張気味だ。

覚悟を決めて進んだ。

「あっ！　こんにちは」

と冷静を装い、首をすくめながら座卓を前にして座った。

三人の気まずい雰囲気を察した母親が、「どうぞ」と言ってジュースを持ってきた。そして言った。

「お二人は、お代わりいかが？」

「あっ！　僕はいいです」

「俺もです！」

「ここの家に遠慮はいらないのよ、ほんとに！　ね、良太！」

「うん、俺んちは父さんも母さんも友達みたいなんだ。母さん！　俺にも果物持ってきて、お腹すいた」

「はい、はい」と言って果物を持ってきた。

「では、ゆっくりしていってくださいね！」

母親は気兼ねして、二階に身を隠した。

山根君が口を開いた。

「山口、今までのこと勘弁してくれ、俺たちが悪かった」

「ほんとに、山口！　許してください！」と鈴木君も真剣な面持ちで謝った。

二人は口をそろえて言った。

「これからはあんなことはしません！　本当にごめんなさい」

山口君は二人の真剣な顔つきを見て、

「そう言ってくれて、山根君、鈴木君、ほんと、うれしいです。俺はもう忘れました」

「ありがとう！　山口！」と言って、二人はまた頭を下げた。

山口君は、なんで二人がここを訪ねてきたのかを聞いた。彼らは事の発端から先生に約束したことまでを、事細かく山口君に話した。それに学校からの帰りに、かなに会ったことも話した。

「じゃあ、電話はそのことかもしれないね。後でこのことも伝えてみます」

彼らは口をそろえて先生の素晴らしさを語った。

「俺は先生と約束したことは、守る。これからはみんなに絶対迷惑はかけない！　山田先生に変わると約束したんだ」

と言って、山根君は座卓越しに握手を求めてきた。山口君は気持ちよく手を差し出し応じている。鈴木君は、

「俺も先生の信頼に応える、絶対！　ほんとに！」

と身を乗り出しその握手に手を重ねた。

三人の手が一つになって、山口君の笑い上戸を先頭に笑顔が重なり合った。

二人が去ると、山口君はすぐにかなに電話をした。

「かな！　二人が来てさ、今までのこと、謝ってくれたんさ。その前には佐藤君が俺がいないうちに訪ねてきてくれたんよ！　それもさ、お父さんと来たみたいでさ！　俺んちの父さんは恐縮してたんよ！　俺って、家ではいじめられていることは、言ったことないの！父さん、話を聞いてさ、びっくりでさ、良太なんでだまっていたんだと、しかられちゃったんさ。それだってさ、良太の我慢強さは褒めてやっけど、親に隠し事はダメだよってさ、今後はしないって約束したんさ」

「ギクッ！　かなはいっさいお母さんに言ってないの、今さらなんだけど、もし言ったら、と思うと言えなくて……」

かなは山口君の我慢強さは、日ごろの態度でわかってはいたが、それでも疑問だった。「そうみたいね！　なんでそうできたのか、かなは不思議に思っていたの」

「俺んちさ、母さんも父さんもほんと！　やさしいんでさ。そんなことでさ、両親をさ、苦しめられないと思ってさ、第一、忘れてしまえばそれですんじゃっていたんさ！」

「すごい！　私はこんなにもやさしいお母さんなのに、我慢できなくて、自分を責めていたの」って言うなり、すすり声が山口君に聞こえてきて、

「かな！　もう大丈夫だからさ、そうおじさんていう人にさ、リナも会うって言っているから、みんなで会おうよ！」と元気づけて言った。

「それとさ、話でさ、学校帰りにかなに会ったんで、謝ったって言っていたよ」

「そっ、そう。そうなの、さっき。じゃあ二人に会ったのは、やっぱり学校で先生に叱られたあとだったのね」

「そうみたい。かなにも道すがら会って、そんときに謝ったって言っていたから」

「それで、電話したの！　そうか、本当だったんだ。あんとき信じられなかったの。だって突然走ってきたんで、いじめられるのかなって……。山口君の方は、もう大丈夫だね」

「うん！　ぜんぜん大丈夫！　かなは？」

「そうか、かなも、直接謝ってもらってないけど……ぜんぜん大丈夫なの。先生の言う通り、なにもされていないの。多分先生が叱ってくれたのかもしれない。これですっきりし

たよ。今度先生に会ったら、報告しようよ！」

「うん！　俺も一緒にしたい！　そうしよう。あいつら二人はさ、山田先生ってすごい、って連発してたんよ！　多分、先生のおかげだよ！　お礼しなきゃ！」

「そうだね！　もう大丈夫。そうしようよ！」

二人はすっきりした気持ちを味わっている。《今までのことが嘘みたい》

捜索

かなは駅に近づくと自転車を降り、手押しで静かにいつもの場所に着いた。リュックをそっと担いで、物音を立てずに宗太に近づき、わっ！と驚かせるつもりでいる。そろりと階段を上り、ベンチを見た。案の定、宗太はリュックを枕に居眠りをしている。抜き足差し足忍び足で宗太に近づいたのだか、宗太はすっかり夢心地なのか、寝息をたてて眠りこけている。

それを見たかなは、《計画変更だ。そうおじさんは熟睡している。これを起こすなんてかわいそう》と思って、少し離れたところにリュックを置き、宗太が受け止めてくれた地点に立った。《あれがなかったら、今の自分がない。こんなにも急展開があるなんて。あれはなんだったんだろう。一人で悩んでしまった……一人で……。これが良くなかったんだ！　生きてて良かった》そこに佇みながら、過去を思い出していた。

物音に気付いて、

「おおっ！　かな！　来てたのか！　わしはすっかり寝入ってしまったな〜」

とすまなそうに首をもたげながら、宗太が声をかけた。

「うん、そう！　そうおじさんはとても気持ち良さそうに寝ていたの！　だから、声をかけなかった」

「ごめん、ごめん！　起こしてくれれば良かったのに」

「ううん！　今来たばっか！」

「そうか！　とにかくすまん！」

と言って立ち上がり、例のそっくり返りをして腰掛け直した。かなはリュックを持って隣に座った。リュックからペットボトルを二本取り出し、黙って一本を宗太に差し出した。宗太は「おっ、ありがとう！」と言って受け取り、美味そうに口に運んだ。

宗太は胸のつかえが取れて、日常のペースが戻ってきていた。

《すっかり、寝ちまったな！　かなも元気なことだし、めでたしじゃ。こんな気持ち良く寝てしまうなんて……。気持ちって、大切なんじゃな。喉を通る飲み物がこんなにも旨い、ほんとに晴れ晴れじゃ》

かなも口にしたペットボトルのふたをしながら、思い起こしていた。

「そうおじさん！」と声をかけた。

「うん！」と言って宗太は耳を傾ける仕草をした。

かなは山口君の事件やリナとの交流を生き生きとした目使いで話している。時折、喉の渇きを満たしながら山田先生のいじめっ子に対する処方箋も宗太に聞かせた。

宗太は、

「山田先生はすごい先生じゃ、かなはラッキーだ！　そんなにもいい先生にめぐり会えたんだから……その上、山口君やリナにも出会えてる。神様に感謝じゃ！」

と言って笑った。

かなはご機嫌だった。

《本当に！　こんなにも変わるもんかな。かなはイキイキしとる、もう安心じゃな》宗太は思った。

「かな！　こういうことはお母さんに話しているのかい？」

「ううん。そうおじさんとリナと山口君だけ」

「そうか、じゃあ四人の秘密か？」

「うん、そう……」

「山田先生の件も？」

「うん、山田先生の話はいじめのことではなくて、とってもいい先生って言ってるの」

「具体的には話してないんかあ……？」

「うん！　めんどうくさい……」

「う、む、めんどうくさいか！」

《そういう年頃なんだな、だから思いつめるとあんなふうになっちまう、難しいもんだ》

宗太は、とにかくかなは全快した、そのことがなにより、と思った。

「そうおじさん！　今度、山口君とリナを連れてきていい？」

「おっとっと！　かな！　こんなよれよれじいさんを……かい？」

「うん、さっきも言ったけど、ほんとはもう、そうおじさんのことは話しているの！」と言って、宗太の目を見ながら「自分を助けてくれたことも話しているの」

「うん、それで……？」

「かなの命の恩人のじい、なら会いたいって！」

「ふうん、ドライなもんじゃなー！」と言って顔を見合わせ大笑いした。

《心底、けったいな子たちじゃ。まあいいだろ！　良き仲間なんじゃな～》

「じゃあ～！　次回はみんなでパーティじゃなー！」と言ってはみたが、《わしがこの子たちといつまでも関わってもしょうがないだろな～》と複雑な思いでいる。

かなの弾んだ言葉が、この寂れた駅にこだましている。生き生きとした瞳に生活の張りが感じられる。仲間三人の行状は、いじめのスクランブルから抜け出して、真の友情に様変わりしていた。

《かなは一皮も二皮も剝けてきた。十分自信も付いている。もう心配は要らない》

かなの話しっぷりに宗太は心地好い時間を過ごしていた。ここ何週間かは、しばらくぶりで人間としてのなにかを感じて生きてきた。宗太は《自分も幾分成長しているのかなあ》と感じ取っていた。《この歳になって、いい緊張感だった。この子たちはわしのボケ防止にはなった》などと、屁理屈を考えていた。二人の充実した時間が過ぎていく。

三番電車が通り過ぎると、かなは立ち上がり、宗太の前に立って、

「そうおじさん！　今度は三人で来るね！　約束よ！」

覗き込むような姿勢で言った。宗太は、「はい、はい！」と言いながら立ち上がり、例のポーズをした。かなは隣で宗太のまねをしている。宗太が、「あぁーっ！」と声を上げると、かなも声を上げた。

「かな！　これはじいさん背伸びじゃ！」と言って顔を見合わせ笑った。

帰る支度をしながら、かなは言った。

「そうおじさん！　ありがとう！」

「おっ！　……なんじゃそりゃ？」

「うん。今までのこと、ほんとうにありがとう！」

かなはなぜかふっと言った。宗太は、

「かなは成長したんじゃ！　わしのおかげじゃない！　ニューかなの誕生じゃあ～」
と言ってまた笑った。二人の笑い声が自転車を押す音に混じって消えていった。

明日は約束の日だ。宗太はまだ決めかねている。
《行こうか行くまいか？　このままずるずると行けば、三人の親御さんに知れ渡ることになる。決して世間様は良くは言うまい。ましてや先生に知れればなおさらだ。かなにとっても良いことではない、三人にとってもだ》
今朝、仕事帰りに、とにかく明日の用意と思ってあの子たちのお菓子と果物を手に入れてきた。だが、そう簡単なことではないのではと思っている。約束を破れば自分が惨めになる。行けば行ったで世間の目、宗太の逡巡する思いは深まっていった。

日曜の早朝、昨日買っておいた食べ物を紙袋に入れ、リボンテープで口を閉じた。そこに手紙をしたためていた。宗太はまだ夜が明けきらぬうちにこれを持って家を出た。道端の白い花を三輪摘んで、その花をリボンに差し込み、いつものベンチにたどり着くとベンチの中央に置いた。贈答品用の紙袋は目立って鎮座している。
「これなら、グッドじゃ」独り言をつぶやいて、少しずつ離れながら、「うん、これならだいじょうぶ、かな！　本当にごめんよ！　わしはみんなの仲間にふさわしくないのじゃ」

後ずさりしながら吐いた。そして自転車に乗ると、勢いよくぺダルをこいだ。なにかを吹っ切るように、一目散に家を目指した。顔に当たる風が、こみ上げる涙を目尻から落としていく。

《もう忘れよう……》

三人は、かなと宗太が別れた街角を、待ち合わせ場所にと集合した。かなは、この一週間が待ち遠しくて仕方なかった。晴れの日を祈り、白いハンカチでてるてる坊主を作って軒先につるすほどだ。期待通りの天気に、心も弾んでいた。

母親には三人で遊びに行くと言ってある。まあ、そんなところもうまく立ち回れるように成長した。このでこぼこトリオはきゃっきゃ言いながら駅に向かった。駅に近づくとかなは一目散に駆け出した。駅が見えるところまで来ると、後からかけてくる二人を待って、立ち止まった。

そしてベンチのほうに目をやった。なにかがあるように見えるのだが、人の気配ではない。ジャンプをしてみたが、寝そべっているようにも見えなかった。胸騒ぎがして、かなは駅の階段に向かって駆け寄っていく。階段を一足飛びで駆け上がりベンチの前に立った。

《もしかして……》

三輪の花でそうおじさんが置いていったものと察していた。そしてすばやくその紙袋を開けた。果物を包み、お菓子を包んで、その上に一人分として、バンダナ風の布にさらに包み込んだ三人分の贈り物が入っていた。かなはそんな梱包に宗太らしい几帳面な身づくろいを感じていた。

その中には手紙が添えられていた。かなのその行為に二人は黙って立ち尽くしている。かなは手紙をとってベンチに座った。以前のような崩れ方はしなかった。内心《ひょっとするとこういうことになるのでは》とよぎってもいた。でも、宗太のあの約束は、そんな風には思えなかったのだ。かなの両隣にリナと山口君が腰を下ろして、かなの行動を見つめた。

かなは封筒から手紙を抜き出し、それを開いて一字一句目を通している。顔が曇って、見る見る間に涙があふれだし、その手紙に落ちた。

『かなへ

かなと過ごしたこの数週間は私にとって本当に充実した楽しい時間でした。かなが自分を取り戻し、自信に満ちあふれてきたのをうれしく思っています。そしてお母さんやお友達を大切に思い、こんな私にも同じ思いをしてくれましたね、感謝です。人を大切に思う心は必ず自分に返ってきます。感謝をする心も一緒です。決して一人ぼっちじゃないことを自覚してくださいね。人生は君たちにとってはまだまだ長い道のりです。これからもいろんなことが起きるでしょう。ひとりで悩んではいけません。リナや山口君、お母さん、そして山田先生までも、悩みを聞いてくれる大切な人です。時が経ち、大きくなると、そんなことで悩んでいた自分をおかしく思える時がきます。あんなにも悩んでいたことが笑ってしまえるのです。そういう時がくることを覚えておいてください。今がすべてではないのです。君たちには未来という希望があります。

かな！　リナ！　山口君！　三人でこれを食べながら、楽しいひと時を過ごしてください。私のささやかな気持ちです。私は陰ながら皆さんを応援します。

かな！　リナ！　山口君！　がんばれ！　がんばれ！　がんばれ！　そしてありがとう、本当にありがとう。

山川宗太より』

かなは感情が高まってきて、自分を抑えきれなくなった。もはや涙だけでなく、声を上げて泣きだした。すると、とっさにリナはかなを引き寄せ、懐に抱えた。かなはリナの懐に抱かれて、思う存分泣いている。

《そうおじさん……》

リナはそんな彼女の背中を手でさすりながら、どうしたものかと思案顔の山口君に目配りしている。彼はかなの泣き虫は十分承知していて、リナの介抱している姿になにやらおかしさを感じてきていた。リナはかなの背中を今度はよしよしと赤子をあやすようにやさしく叩きだした。

山口君はもうその仕草にこみ上げてくる笑いを抑えきれなくなり、口をふさいで、リナに目をやった。リナは首を左右に振りながら、唇にシーッて指をあて、ウインクで返した。

おもわず山口君はベンチを飛び出し駆けだした。

その物音に突然顔を上げたかなは、

「山口君！　止まって！」

と大声を上げた。ずずず～っと音を立てて止まった。

「山口君！　ああーっ！　びっくりした……なんで、山口君？」

かなは自分のその大声が、宗太が言った《誰でも同じようにしたと……》を思い出した。

とっさのことだった。我に返ったかなは、

「ごめん、泣いちゃった」

と言ってリュックからハンカチを取り出し、涙を拭いている。

リナは一連のその様子を見ながら、

「かな！　もう大丈夫なの？」

と心配して覗き込みながら、

「こっちがびっくりしたよ～！　ほんとにもう～！」

かなはすっかりあっけらかんとしている。

「あ～、すっきりした。じゃあ、食べようか！」

と今度は、「そうおじさんに『しっかりしろ！』と言われてしまうな！」と独り言。

包みを開けて、「食べよう！」って皆に声をかけた。

現金なものである。三人は宗太の書き置き通り、食い物にパク付いている。

「われらがそうおじさんの贈り物じゃ！」とかなは泣いた顔を笑いに変えていった。

皆、顔を揃えて笑った。

「かな！　そうおじさんに会いたいの？」

リナが聞いた。かなは宗太の思いを察して複雑だった。

「うん……会いたいんだけどー……」

はっきりした返事ができない。

「それに……押し花が……」と言って、「そうだ、押し花を渡さなくっちゃ！」

「押し花、なにそれ？」

「うん……これ！」と言って、リボンに絡まっていた三輪の花を差し出した。

「この花はそうおじさんが手紙にいつも添えてくれた花、だから全部押し花にしているの！」

「へえ～！　かわいい！　かなってセンチメンタルなんねー！　リナはそういうかなが好き！」と言って、「じゃあ、かな！　私がこの三本いただくね！　押し花にしてみるから教えて？」

「うん、簡単！　ところでセンチなんとかってなに？」

「あっ、ごめん！　ううん……おセンチって聞いたことない？」

「聞いたことある！」

「それは略語なの！　日本語では感傷的って言うらしいけど、リナは少し意味合いが違う気がするの！　だからおセンチでいいかもね！」

リナは自分にない細やかな気遣いを、かなに見いだしていた。

「ふうん、そういう意味。リナはいいなあ……頭が良くて～」

「なにそれ！　それよりそうおじさんに会いたいの？　かな！」

と顔を覗き込みながらリナは再度聞いた。

「うん、本当は会いたい！　だけど、そうおじさんが……」

と言って、言葉をやめた。

「そうか、じゃあやめるか？」

と冗談で言ったリナに、

「いや！　会いたい、会いたい、リナ！　会いたいー！」

と鼻声で言った。

「だろー、じゃあー、かな！　山口！　腹ごしらえできたらしゅっぱあ～つ」

リナは元気よく二人に声をかけた。かなは、

「えー、ほんと！　リナ！　どうするの？」

「だって、山川宗太って本名でしょ！　そんなら見つかる～！」

と言って立ち上がり、

「さあ片付けて、出発するの～！」

かなは宗太の手紙を大事そうに自分のノートの間に差し込み、リュックに入れた。かなは、一人ぼっちでない自分を強く感じている。

リナは、全てにパワフルだ。山口君も置いていかれないようにそそくさと動いていた。本当に楽しくなってきた。

「準備完了！　いざ！　しゅっぱ～つ！」

と声を揃えて吼えると、円陣を組み、

「エイ！　エイ！　オー！」

と気合を入れた。三人の足取りは軽く、「まずは交番だ！」と言って向かって行った。

三人は交番の前にいる。中では二人の警察官が向かい合った机越しに、なにやら話し合っていた。玄関の戸は開いたままの状態で、入ったところに椅子が二脚置いてあった。その対面がカウンターで仕切られている。かなは玄関に入るとカウンター越しに、

「こんにちは、私は宮沢といいます。人を捜しています。その人の名は山川宗太といいま

す」

と大きな声で尋ねた。三人に気づいた警官の若い方が、「あっ、はい！」と言って、三人の前に立った。

そしてかなは再度、「山川宗太という人のウチを捜しています」と言った。

若い警察官は、「あっ、そうですか。場所はどの辺だかわかりますか?」と言って、住宅地図をカウンターの上に出して広げた。そして何ページ目かをめくり、再度、「住所はわかりますか?」と言ってきた。

かなは、「名前だけしかわかりません」と言った。

「う～ん、名前だけか……。この近辺の人かもわからないんでしょ?」

「はい！　この街に住んでいることは間違いないと思います」

「そうか……」と言って、もう一人の中年の警官に、「警部補！　山川宗太という名前、聞いたことありますか?」と問うた。中年の警官は団扇を仰ぎながら、

「や・ま・か・わ・そうた……う～ん……聞いた名ではないなあ……」

と言って、かなたちの前に寄ってきた。

「やまかわ、やまかわ……。うん、このあたりの人ではないな。聞いた名前ではない」

と確信めいた口調で言った。

かなは、「そうですか。住所を調べたりするのは、交番ではできないんですね?」と聞

いた。

「そういう名簿があるわけじゃなくて、この管轄地域なら」と言って地図を開いて指差しながら、例え話でかなたちに説明し出した。要するに、交番は道案内やこのあたりの治安のために存在していて、この町の家捜しまではしないということを話した。

かなは混乱していた。

リナが口を挟んで、「おまわりさんは、山川宗太という人の住所はどこに行けばわかると思いますか?」と質問した。

「う〜ん、役所ならわかるんだろうけど、個人情報だから教えてくれないんじゃないかな」

「それって、個人情報保護法ってやつですか?」

「うん、それなんだが……。理由を話して役所がどう出るかだなあ……」

あたりに沈黙が漂った。

「個人情報かあ……」リナはつぶやいた。


ついこの間のこと、リナの母親がこの個人情報とやらで、躓いてしまったのをリナは思い出していた。緊急時の連絡網が書かれた資料を仕舞い忘れてしまった母親は、次の人の電話番号が知りたくて学校に電話したが、頑として教えてもらえなかった。しかたなく車を走らせ、直接情報を口頭で知らせた、という事実である。

「ふう〜ん。いったいこの保護法とやらはなんなのか……」

この学校は、連絡網という名簿はクラス全員に配布している。しかも住所と電話番号入りでだ。いっぽう、電話番号を知りたくて学校に電話したが、個人情報ですから、と肝心なときに教えてもらえなかったと母親は嘆いていた。そのとき《へんてこりんなこと》と思った母親に、リナは「この国は不思議な国なんだよね〜」って冗談で返していた。

「かな！　ここじゃあ、わからないみたいだから、行こう！　おまわりさん！　ありがとうございました」

と言って、三人は交番を後にした。かなの足取りは重たかった。

《やっぱりだめなのかな……？》と先行きの見えない展開に、かなは元気をなくしている。

とぼとぼと歩くかなに、リナは、

「元気出して！　なんのこれしきのこと！」

と言って、リュック越しにかなの肩を引き寄せ覗き込んだ。リナの笑顔に、かなは自分がくよくよしているのを恥ずかしく思えた。

《ほんと、リナはたのもしい。自分のことで、こんなにも……。友達になれてよかった……。もっと早く……後悔先に立たずか》

「かな！　どっか座れる場所ないかな？」

と声をかけた。山口君が言った。

「この近くに公園があるの知ってんだ、そこに行こうよ！」

「じゃあ！　山口先導だ！」

かなは明るい二人につられて、気が楽になってきている。

《山口君も一生懸命だし、なにか希望が持てそうだ》となんだかわからないが、確信した。

「あっ！　あの公園ね」

と言って、リナは公園のベンチに向かって早足で歩き出した。歩幅の大きいリナに、二人は小走りでついていく。リナはベンチにリュックを置いて、中を覗き込んでなにやら探し始めた。

ケータイを持ち歩いているのだが、学校持ち込みを禁止されているので、こんな場合でもこっそり所持している。「あった！　あった！」と言って取り出した。

「これで、とにかく電話から探してみよう！」

「ああ！　リナ！　それってケータイ？」

「うん、そう！」

「すごい！　リナはケータイ持っているんだ！」

「うん！　ママが持っていけって言うの！」

「へえ〜？」と山口君とかなは顔を見合わせ感心している。

二人の親は、彼らにはそんなものまだ早いと諭していた。

「これって、わたしが今どこにいるかママはわかるの」

「GPSとかいうやつね」

「うん、そう！　それでと104に入れて……今呼んでいる。あっ！　もしもし……」と山川宗太の電話番号を調べたが、登録されていないということだった。

「かな！　電話はないのか、登録していないか、どっちかね」

「うん、しょうがないね〜。どうしよう？」

「いっそのこと、さっきの住宅地図を一ページから調べようか」と投げやりに言ったら、「うん、そうしよう！」と二人が乗ってきた。

かなは本気だ。とことんやるつもりでいる。

「じゃあ、図書館に行こう！　出発！」と言ったところで、「この街の図書館は？」とケータイを操作している。

二人はリナの手慣れた操作に見入っている。

「ああ、ここだ。ここからはそんなに遠くないね。お腹すかない？　その前に腹ごしらえしようよ！」

と二人に声をかけた。

賛成と声が上がり、今度はファミレスと言って検索している。図書館の近くにファミレスがあり、三人はそこで昼食をとることにした。

「リナ！　これってすごいね！　なんでもわかっちゃう」

「このマップってのをタッチすると、ほら！　今いるのがここなの。丸い印のところがここよ」

と言って二人に見せた。それをこうすると、と言って拡大、縮小しながら、地図や航空写真の現在地をリアルに表示するので、二人は感心しきりでいる。

「かなのうちは出るん？」

「もちろん！　かな！　住所は？」

とかなの家と山口君の家を空から見るとこうなんだよ、とすごいの連発だ。

レストランでは、めいめいが三様の食べ物を注文して、口に運んでいる。周りも昼食時とあってにぎやかだ。かなはコップの水で喉を潤すと、口を開いた。

「さっきの住宅地図って、図書館にあんのかな？」

「うん！　あると思う。父さんが調べものがあるといって、図書館にぼくを誘ってくれた。そんとき、あの住宅地図で場所探しをしていたの。最後にそのページのコピーもとっていた」

と山口君は言った。

「ふう〜ん、そうかあ……」

かなは随分元気を取り戻している。
《なんとかなりそうだ》
さっき曇っていた表情が、晴れやかになっていた。

緑地公園を抜けて図書館の入り口に立った三人は、心をときめかせながらホールへと進んだ。吹き抜けの窓から明かりが注いでいる。三人は上からの明かりに顔をぐるりと回転させて感心しきりだ。受付の職員に住宅地図の閲覧を告げた。かなはその住宅地図の閲覧のために住所と名前を書いている。自由に閲覧できない仕組みになっていて、閲覧申込書に記入しなければならなかった。著作権というものらしい。

取りも直さず、住宅地図を手にした三人は自由閲覧コーナーの楕円のテーブルに肩を並べて、顔を突き合わせている。よくよく見れば、この町を碁盤の目に切って、番号が振ってあった。その番号を開けば拡大された地図に家の名前が表記されている。問題はこの碁盤の目のどこに、そうおじさんの家があるのかだが、皆目見当がつかない。

そこで、あの駅はこの地図のどこかを、まず見つけることにした。社会で習った鉄道線路と駅の記号は、小さな表記でも三人にはわかった。

リナが「二十七番ね！」と言って、駅の出ている部分を指さした。拡大されたこのページはわかったが、また全体地図に戻ってこれから西の方角を流れる川を見つけて、一番上の番号から拡大地図に移ってみた。こういうことを繰り返しながら、川の両サイドの家々をページごと追っていくのだが、山川の姓は見つからないでいる。

小一時間が経って、かなは朝から気負っていたせいか眠気がさしてきた。リナに眠たいと告げると、リラックスできるソファがあるコーナーに行ってしまった。そこに横になって居眠りしている。リナと山口君はあきれ顔で、かなの行動を見やった。リナは山口君に小声で、この図書館を探検してくる、と言って席を立った。

外からはこぢんまりした建物に映ったが、奥が深い。リナは子供のコーナーに行って、小さな子供と母親の行動を見ていた。自分も母親に連れられて、自国ではよく図書館に来ていた。気に入った絵本を借りてきては、母親がベッドで寝かしつけながら読んでくれていたのを思い出していた。

ここの図書館は天井が高く、そこから明かりがさしてくる。とても快適な空間だ。奥にはかなりの本があり、ジャンル別にわかりやすく表示があった。そこでリナは宗教の本棚を見つけ、昔母親が読んでくれたイエスの生い立ちなどが載った本を手にした。羊飼いやマリア様の挿絵とともに、日本語で書かれた文章を懐かしく眺めている。この本は挿絵が自国の本とほとんど同じで、文章だけが英語と日本語の違いに気がついた。つまり、キリスト教の普及書みたいなものなんだと理解できた。

今度は、文学のコーナーで赤毛のアンを見つけた。これも文章だけでなく、挿絵がところどころ添えられている。日本流にわかりやすくしてあるのが、日本独特だなと感じ入った。アンのそれを手にして近くの椅子に腰を下ろし、ところどころ開いては目を通し始めた。一度読んだ本だが、再度こうして見返すと、また新鮮な感覚で記憶がよみがえってきた。アンが波乱万丈な少女期を強く生き抜くストーリーは、リナにとって印象深いものなのだ。飛ばし飛ばし開いては、その場面を想像している。

山口君はこの地図がだいぶ気に入った様子、なにか未知の世界に入り込んだような気がしていた。この地図から、自分が行動している範囲がほんの僅かなエリアなんだと気づいた。こんな小さなところで生きているのが、ちょっぴり寂しく思えた。《大きくなったら絶対東京に出て行くんだ》と地図に見入っている。かなの代わりに、《必ず見つけてやる》と意気込んでいる。根気強く、山口君はその川の辺りをくまなく調べていた。三人はそれぞれの行為に浸っている。そしてめいめいの時間が過ぎていった。

宗太は、私用のないときにはたいてい午後ここにきて、読書三昧をしている。彼のお気に入りの場所があって、空いていればいつもそこと決めている。宗太のいるスペースは一人用ブースになっていて、そのブースの一つ一つに三角形の出窓がついている。そこから差し込む光は、宗太のような年寄りでも読書に十分な明かりだ。

この一人席の前後はパーテーションで区切られていて、落ち着いた空間を作っていた。その上、椅子はわずかであるがリクライニングし、座りごこちが極めていい。そんなこんなで、この図書館は老人の占める割合が多い。たぶん、エアコン付きの快適空間で、誰にも邪魔されずに一日過ごすには、これほど満足の行くところは他にない。第一、金がかからない。だから、リタイヤした老人でいっぱいだ。

宗太も日曜日の午後、無人駅からここに来ることは少なくない。朝の裏切りを紛らわすには、最適の環境だった。拾った聖書はなかなかはかどらない。眠り薬の代わりにはいいのだが、平易な解説書がないものかといろいろな本を探していた。宗教のコーナーから旧約聖書の解説書をまずは見つけて、これを読んでいる。今自分が読んでいるのは、このあたりのことなんだと、解説書とにらめっこをしていた。つまり、かなと同じ屋根の下にいる。

そんな宗太は尿意を催し、読んでいた本を机の上に裏返しして洗面室に向かった。かなたちが調べものをしている楕円のテーブルのわきを通って、その奥の洗面室に歩いて行く。山口君の横を通過したときに《どこかでみたような?》と思ったが、すぐに《他人の空似か》と回想の回路を切った。用を足してブースに戻る途中も、すーっと通り過ぎていた。すでに山口君の存在さえ宗太の頭からは消えていた。

リナが戻ってきて、山口君に成果はどうかと尋ねるも、それらしき家はかすりもしないと、山口君は無念な気持ちを吐いている。かなも目を覚まして戻ってきた。椅子に座るなり大あくびをして、まだ寝足りない仕草をしていた。両手を組んで頭の上に押し上げて、伸びをしている。本来ならそうおじさんの例のパフォーマンスをやりたいのだが、ここではそうもできない。それほどのずうずうしさは持ち合わせていなかった。リナは、

「かな！　山口君が続けて見てくれていたの！　だけど、かすりもしないって！　残念だけど！」

と言ってかなの肩に手をまわした。まだかなはうつろな目で二人を見ている。悲しいのか眠たいのかはっきりしない。

そんなかなの首に、リナは手を当てて、もみ出した。かなは気持ち良さそうな目をリナに投げて、「あ・り・が・と・う……」と言った。

山口君が改まって、

「かな！　これだけ捜してもないんだから、もう地図は無理！　違う方法ってない？」と言ってかなを見つめた。かなは仕方なさそうに、ぼんやりしている。なにか考えているのか、黙ったままだ。

「そうだ！」といきなり発して、「だめか〜……」と吐いた。

リナが「なにが？」と聞いた。

「ううん、もしかして郵便屋さんならわかるんじゃないかと思って……」

「ううん、どうなんでしょ、郵便局って住所がメインよね、でも聞いてみる価値はある！」

と言って、かなを覗き込んだ。

かなは覚醒してきていた。おでこを叩きながら、「明日、郵便局に行ってみる」と言ったら、リナも「ついていく」と。頼もしい助っ人だ。

山口君は明日のスケジュールは母さん次第だと言ったが、それよりも地図に興味を示していた。彼はなにか地図から得たことがあり、それが漠然としていてなにかはわからない。しかし、淡い希望のようなものを感じている。

かなは「ついでに、役所にも行ってみる！」と言って、再度大あくびをした。すでに頭の中は明日に向いていた。


「わしは罪作りの人間じゃ……」

宗太は紐解いていた本を閉じて、窓に目をやった。

〈ソウタヨ！　マタシテモ、ヤッテシマッタノ～！　ハア？　オマエノイキザマハ、ニゲルコトナンジャナ！　ナントモナサケナイ！〉

《ホント、神様！　許してください！　わしはダメ男なんです》

〈ニゲテイタラ、ケツマツハワカランジャロガ？　ジンセイハプロセスジャ、ソレヲタノ

シミナサイ！　ワカッタカ？〉
　木立の影が、風に揺らいで動き回っていた。強い日差しにくっきりと映りこんだ木の葉の影、少し目を上げて空を見てみた。風に乗った白い雲と青空のコントラスト。
《そう、人生はプロセスなんだ。わしにはきちんと物事に向き合う意志がない！　つ〜か、勇気がないんじゃ！　避けること、それが、我が人生？　……空はこんなにも晴れ渡っているのに、わしはどんより曇り空か……》
　宗太は胸のつかえをどうすることもできないでいた。また、逃げてしまった自分を悔いてはいるが、己の生き様に、またもや一つわだかまりを積み重ねてしまっていた。
　この図書館は森の中にあって、木陰では親子が涼んでいる姿があちこちに見られる。人の息遣いに目をやりながら、宗太は考えにふけっていた。かなからも逃げてしまった自分を、こうしてまた後悔している。
《後の祭りじゃな……なんとも言えんな。すべて自分が作った結果じゃ！》
　きちんと立ち向かえない自分を卑下していた。あれ以来ずっと逃げの人生を続けている。立ち向かって傷つくことから逃げてしまっていた。そのときは楽になるのだが、心の奥に沈み込んで、結局すっきりしない。物事に一心に打ち込んで、自責の念を忘れようとする。だからそのときは我を忘れる。《これもある意味逃げてるっていうことなんだ》こんな自分ではいけないと思っているのだが。

リナと山口君に下駄を預けて、かなは気持ち良く寝入ってしまったことを謝って、この住宅地図での調べをあきらめた。二人に、

「ありがとう！　リナ！　山口君！　帰ろ！」

と吹っ切れたように言って、帰宅の準備をしだした。

三人はリュックを背負うと、地図を返しに受付に向かった。山口君が大切そうにその地図を受付の人に手渡した。そして「ありがとうございました」と言って、一礼した。

《山口君はずいぶんしっかりしてきたなあー》と、そのやり取りを見ながら、自分を棚に上げて、かなは思った。三人は相乗効果を実践している。

玄関を出て、さっき来た方向と反対の方向に向かって歩きだした。図書館の壁に沿って、自転車置き場が併設されていた。かなは、ずらっと並んだ自転車をそれとなく眺めながら歩いている。頭の中は、明日のことでいっぱいだ。

自転車の際を歩いていたかなは、無意識のうちに後輪の荷台に一台一台タッチしながら歩いていた。

《荷台のないものあるもの、いろいろなんだ。しかも色もいろいろなんだ》

よく見ると、これだけ並んでいる自転車がみんな違うなんて、中学生が乗っているのは、同じように見えていたのだが、と感じ入っていた。

はっとして、《そうおじさんと同じ黒い自転車は……ここには少しだけ》と思って、通りすがりながら《黒の自転車か……》と、そうおじさんの車を押したあのときを思い出していた。

「あっ！　そうか！」

と突然立ち止まり、ふっと振り返った。

《そうだ！　そうおじさんはよく図書館に行くと言ってたっけ……。もしや……！》

「そう言えば、黒の自転車！」

と言って小走りに戻っていく。リナと山口君は立ち止まって、かなの行動を注視している。黒の自転車の前に立つと、荷台をなにやら触っては両手で荷台を押す格好をしている。一台、二台、三台と、その三台目の自転車では荷台を左右に揺すっては、下を覗き込んでいた。そして、押す格好をすると、

「あったーっ！　これだーっ！　そうおじさんのだ！」

と二人に大声で知らせた。二人が駆け寄ってきた。

「これは、そうおじさんの車だ！　絶対そうなの！」

確信した口調に、

「なんでわかるの？」

とリナが聞いた。

「これ見て！　ここに突き出ているのがあるの！」

と言って指さした。

「こんなのほかにはないよね！　そうおじさんはここにいるんだ！」

見る見る間にテンションが上がるかな。

「リナ！　山口君！　お願い！　もう一回図書館に行こう！」

と体をねじり、お願いモードでおすがりしている。山口君はその姿勢に爆笑だ。

リナが、「かな！　間違いないの？」と聞く間もなく、「この中にいる！」と言って、かなは駆け出した。後を追いかけながらリナは、「かな！　どんな感じの人？」と聞いたが、かなは上の空だ。

駆け込んできたホールで三人はきょろきょろ辺りを見回している。その挙動に受付の係が、「シー！」と人差し指を唇に当ててこちらを見ている。三人は騒がしくしていることを咎められていると思い、我に返った。

リナが、

「かな！　静かにしなきゃ！」

と小声でささやいた。

「うん、そうだね、叱られちゃった」

と言ったが、そんなことよりそうおじさんだ。

さっきのテーブルに向かった。三人は空いてる椅子がなくなってしまったので、かなが居眠りしたソファに向かった。そこでも三人が座れる余地はない。そこで、三人はリュックをまとめてそのソファに置いた。

かなは、しらみつぶしに捜したがっていたが、三人でそんなことはできない。咳払いさえ気が引けるほど静かな室内なのだ。三人は小声で立ち話をしている。手分けして捜そうということになった。

山口君は玄関から出てくる年寄りを自転車置き場まであとをつけると言って、玄関に向かった。リナはかなに聞いた特徴を頭に叩き込んで、もしもそれらしき人がいたら、かなに知らせると言って、二階に上がっていった。

二階は概ね学生が多く、学習のためのエリアになっている。本棚には勉強の参考書が主に置いてあった。学習机が隣と目隠しで区切られており、勉強に集中できるよう工夫されている。リナは自分の町の図書館に比べて、ずいぶん差があるなと気付いた。どうせなら、こっちのほうがいい。

「髪は年の割には黒い。顔は日焼けして浅黒く、中肉中背。多分白っぽいポロシャツにグレーのズボンを履いている」とかなは言ったが、髪が黒い老人を捜せばいいのかな？　と、

「黒髪、老人」とリナは呟きながら捜している。

《ところで老人っていくつからなのかな。私には見当がつかない。たぶん五十くらいかな》

と勝手に解釈していた。この歳の子らには、大分若い年から爺に見えてしまう。ここの学習コーナーは、圧倒的に老人というより青年エリアだ。

机に向かっている姿勢が真剣そのものに見える。ノートにペンを走らせている人がほとんど。《日本人はこうして上を目指していくんだ。感心している場合じゃないな》

「黒髪爺さん、どこにいる？」

リナは居並ぶ頭を順を追って見ているのだが、若者ぞろいの学習コーナーでは皆黒髪だ。だから年寄り臭い人選びに視点を変えた。ときどき老人っぽい人はいるのだが、おつむが薄いか、白髪頭だ。

《そうおじさんは染めているのかな？　よく見ると、年寄りで黒髪は確かに少ないな。ここにはいないよ》リナは年を取るとなんで白髪になるのか、自分もそうなるんだろうか？などと余計なことを頭に浮かべていた。

かなは入り口から左方向の奥へ、各図書のコーナーをくまなく捜し始めた。自分がふらふらしている様子を知られたらまずいと思い、本を探している素振りを演じながら、そのコーナーにいる読者を一人ひとりチェックしている。

《この本のコーナーではないな。これだけ捜しているんだから、見落としはない》と、次は一人ブースエリアへと向かった。この一人ブースはそれとなく横を通りながら、チラッと見る程度、それでも相手は何事かと見返してくる。でも、そんなことにかまってはいられない。段々慣れてきて、面の皮の厚くなった自分が表れてきている。《自分は強くなったのかな？　それとも、単に必死なだけか？》そんなことを思い浮かべながら一人ひとりを見定めていた。

残り少ない数になって、ここのブースにもいないなら受付の右方向のエリアだ、あっちの方は子供向けや、幼児コーナーのはずと思っていたのだが、段々不安が増してきた。《残りは……そしたら二階だけだ、もしかして、あの自転車はそうおじさんのものでないのかもしれない》と疑心が増してきていた。あと三つかと通りながら、ちらちら覗き込んでいる。最後から二つ目に差し掛かった。

山田先生は、二階の学習室でルソーの『エミール』を持って学習していた。教育のことで行き詰まると、ルソーを紐解くということを繰り返している。ルソーの関連本に目を通しては、ため息をついていた。《それにしてもルソーは捨てた子供たちへの懺悔の気持ちでエミールを書いたのでは？》とふっと頭をよぎった。《自由で自然な成長か？　管理された教育環境では難しい……》

この図書館の学習机は読書には贅沢なほどゆったりしていて、周りの人の真剣さにもいい刺激が受けられる。だから、まずは二階の学習室で席を確保し、一階の各コーナーで見たい本を探すという行動パターンであった。
我が町の図書館ではなく、ここの図書館は山田先生にとってもお気に入りなのだ。学習に疲れると一階の図書コーナーに行く。そのコーナーにもソファや一人椅子などが置かれていて、今日はマザーテレサに関する書物を手に、ここで感無量の思いでいる。
《彼女が人々に与えたものは、空腹を満たす食べ物ではなく、心を満たすなにか……？そう、愛なんだ！　マザーテレサを衝き動かしたものはなんなのだろうか？　……ゆるぎない信念を持ち続けるって……。すべての行為に愛が満ちている》
山田先生は自分にないものばかりだな、とため息をついている。いやいや、先生は十分すぎるほど子供たちに接しているのに、それ以上のことを望んでいた。偉人の気分に浸っては、それに近づきたいと思っている。
《ここは気分転換と集中を交互にできる図書館、素晴らしい》
先生は携えてきたバッグを手に、下の階に本を戻しに下りて行った。そのまま、それと引き換えに貸し出し本を手に取って、手続きにと受付に向かった。先生はいつもは閉館間近までいるのだが、今日は仕方なく帰宅を余儀なくされていて、しぶしぶ図書館を出ることになった。まだ陽は高いが、母親から夕方にしてほしいことを頼まれていたのだ。
かなは残り二つの目のブースの前に立った。宗太はうつろな目を窓の外に向けていた。

《あっ！　やっぱり！　やっと見つけた！》

その姿に、素直に感情を露出できないでいる。なぜか声もかけずにそこに立ち尽くした。

その気配に宗太は顔を向けた。少しの間があって、

「エ～ッ！　かな！　……ど、ど、ど……」

と言って次が出てこない。驚いた様子の半開きの口と気まずい目が、かなにはよくわかった。素直に喜びを表せないでいる。

「そうおじさん！」

と諭すように小声で言った。

《またやっちまった。それにしても……》

不甲斐ない思いと嬉しさとが交じり合った苦渋の顔をしている。

かなは複雑な思いだ。見つけてしまったことを喜べないでいる。

宗太は立ち尽くすかなを見て、ゆっくり立ち上がり、冷静を繕い、

「ごめんな……」

と小声で言った。そしてかなの頭に手をやって、

「かな！　ここじゃなんだから……。あっ、そうだ！　本を返してくる」

と振り向いて、読んでいる本を手にした。

かなはここで離れると二度と会えない気がして、宗太の後について行くという。宗太は

かなの気持ちを察し、連れ立って宗教のコーナーに向かった。

《もう観念しなきゃならんぞな》

本棚に戻すと、

「かな！　ここじゃなんだから、近くのファミレスにでも行こうや！」

と腹をくくって言った。かなは黙ってうなずいた。


リナはそれらしき人に出会えず、「うんもう～」と悔しさを露わに一階に下りてきた。かなが見当たらないので、玄関先の山口君のところに行った。

山口君はリナを見るなり、「リナ！　どうだった？」と声をかけた。

「ぜ～んぜん、黒髪老人なし！」と威勢よく言った。

山口君も、「こっちには来てない、自転車はあのまま」と応じて、二人は、「く・ろ・か・み・ろうじんいない！」と苦笑いしている。

「ところで、山口！　かなはどこ？」

と尋ねた。笑い上戸の山口君はさっきの黒髪老人がおかしくて、まだやまない。

「笑ってる場合じゃないよ！　山口！　静かに！　かなんとこ行こう！」

と中に戻って行った。

中に入るなり小声で、「し～っ！」と指を口元にあて、「奥に行こう！」って一人ブースに向かって歩き出した。

「アッ、かなが来た！」

とリナはいち早く二人を見つけて、駆け寄っていく。山口君も後を追った。

奥からかなと老人が歩いてきた。

かなは小走りにリナと山口君の前に来て、後からついてくる宗太を指さし、

「リナ！　あの人がそうおじさん！」

と言った。

リナは宗太を見るなり、「たしかに、黒髪老人だあ！」と山口君に聞こえるように言った。

彼は、「ほんとだあ～っ！」と言って、顔を見合わせ笑いだした。

かなは二人が笑っているのを理解できないでいる。かなが深刻な気分になっていること
にはお構いなしに、二人は宗太の黒髪のほうに興味を注いでいた。

そんなところに宗太は立った。

「みんな、ごめんな！　今日のことは勘弁してくれ。山川宗太です！」

と言って頭を下げた。

「山口良太です！」

「高橋リナです！」

と二人は宗太に続けて挨拶をした。

かながさっきのファミレスに行くことを告げると、二人は「賛成！」と言って、まだ笑いながら、かなに目をやった。かなは二人の笑顔につられて、複雑な思いを頭の片隅に追いやった。

《そうだ、楽しくしなきゃ。そうおじさんを捕まえたんだから。二人は楽しそうだし、自分だけつまんない顔はできない。ふっきろう！》

かなたちはいざファミレスへと元気よく歩きだした。

山田先生は愛車のドアを閉めて、いつもの音楽を流した。シートベルトに身を託して、ハンドルに手をやり動きだそうとしている。何気なく前方を横切る人たちに目をやった。

《エエッ⁉　エー！　前を行く三人は見たことがある子たちだ？　待てよ、髪の長い……子は……アッ、宮沢さん！　男の子は……山口君で……アッ、あの大きい子は高橋さんでは……⁉　それにあの老人？　一体これはなんなのか？》

しばし彼らを見ていた山田先生は、これはのっぴきならないことではと四人の後ろ姿を見つめながら考えた。

「でんわ……でんわ」とバッグから急いで携帯を取り出し、母親に電話を入れた。母親に自分のクラスの子が見知らぬ老人と歩いていたと告げると、母親は私のことよりそのほうを優先してと、あたかも事件が起きるかのように応えた。

先生はサングラスを取り出し、サンバイザーの鏡に顔を映し出して、これをかけた。後ろの座席に、外出時に被る帽子をいつも置いていた。それを取り出し、被って鏡を見た。「これで良し」と言って《変装完了だ》、車を降りて彼らを追跡しだした。

三人は老人の周りを取り囲み、彼に目を向けて楽しそうに歩いている。先生は適度な距離を保ち、後をつけている。歩道のケヤキが程よい木陰を作っている。この木陰を踏みながらの追跡調査が始まった。

四人はファミレスの扉を開いて、中に消えた。

先生はどうしたものかと思案したが、この格好ならわかるまいと、意を決して中に入った。この時間帯には客もまばらだ。店員はお好きな席にどうぞと言って、去った。店内を見渡すと、彼らは角っこの四人席に座って店員に注文をしていた。

先生はその対角線上の隅の二人席に陣取り、ドリンクバーをオーダーしてアイスコーヒーを手に着席した。彼らと目が合わないように携えてきたバッグから単行本を取り出し、読むふりをしながら観察している。少し高揚している自分がここにいる。

《なんでかはわからない、つまり初めてのこと、次に起きることが未知なる世界のこと、多分これに興奮しているのかな?》先生は、探偵ってこんなことしている人たちなんだろうと漠然と思った。

かなは宗太の隣に陣取り、山口君とリナに対面している。四人がめいめいのドリンクを口にしながら談笑していた。宗太は再度かなに嘘をついてしまったことを謝っていた。かなははっきりと言った。

「今度そうおじさんが嘘をついたら、家を見つけだして押し掛けていくから！」

と、とことん追跡の意思を表している。

宗太は自分の住んでいる環境を知られたくなかった。この隠遁生活は世捨て人にはすこぶる快適なのである。

「おおっと、ほんとごめんよ！　わしは手紙に書いたように町のあぶれもんじゃ、だから君たちには相応しくないんじゃ！」

と言い訳をしている。宗太の世間に対する自意識なんかよりも、かなにとっては宗太の存在そのものがうれしいのだが。

リナが言った。

「そうおじさん！　私はおじさんを〈ソウジイ〉って呼んでいい？」

かなが挟んだ。

「そうおじさん！　リナの国はみんなを呼び捨てで話すの」

「うん！　ソウジイ、か？　いいね……リナちゃんオーケーじゃ」

と言って笑った。リナは早速、

「ソウジイ！　リナちゃんでなく、リナ！　でいいよ！」と言い返した。

「リナ！　か？」

「はい！　リナで〜す」と相変わらず明るい。

「リナは天真爛漫じゃのー！」と言って苦笑した。

山口君も口を開いた。

「僕も良太でいいです！」

「良太か？　宗太のそうとりょうの違いじゃな〜」と言ってまた笑った。

山田先生はあの四人の笑い声を聞いて、ますます疑いを濃くしている。あの老人は何者なのか？　この後どうなるのか、最後まで見届けなければ、三人が心配だ。心は警察官になりきっている。私には気がついていない。もう少し近くだったら話し声が聞こえたのに、今さら席を換えられない。そんなことしたらこちらが怪しまれる。《話の内容が聞けたらなあ》と悔しがっていた。

さっきからリナは宗太の頭に興味を示していて、ついに、

「ソウジイ！　髪は染めているん？」

と聞いた。

「ああっ、これは自前なんじゃ、なにもしてないんじゃよ、ほら！　よく見て！」

と頭を皆の前に差し出して、

「白髪が結構あるじゃろ」

と言って白髪を指さした。

「ほんと、近くで見ると見えるね」

とリナは容赦しない。素直な意見を述べていた。山口君は、

「ほら！　ここは結構あるよ」

と髪を触りながら悦に入っていた。彼はさっきの黒髪老人がよみがえってきて、笑いがこみ上げてきた。

自分だけ笑ってしまった山口君は、ごまかしにドリンクバーへと席を立った。

白髪は少し離れるとそれが見えなくなって、まるで染めているような色に見える。その上、髪の量も豊富だ、宗太の歳にしては異常なくらいかもしれない。そんな髪だから、仲間の連中も自前だと信じていないのだ。宗太はそんな時、相手に合わせて「うん、染めてんだよ！」と相手を安心させてやる。自分でも鏡に映る色が染めているようにしか見えない。

《もっと白髪が出てくれればこれもなくなるだろう》とは思っている。大体、親にもらった体に、宗太はたとえ髪だろうとなんだろうと、そんなことに手を加える精神構造を持ち合わせてはいなかった。ありのままでいいというのが信条である。第一金がかかる。髪については、スーパーマーケットのレジでの支払い時に後ろに並んだ人から、じろじろと見ら

れている気分に接することがある。後ろ側が量的に多いので、前を見たくなるのだろうと解釈している。まあ、うらやむより、うらやまれる方がいいに決まっている。宗太はそう思ってパスしている。

アルミ缶の買い取り業者の社長さんが、あるとき、「山川さん、お茶でも飲んでけ！」と事務所に招き入れてくれた。先客がいて、雑談している。それが髪のことだった。その先客と社長は宗太の髪がカツラか？染めているか？の賭けをしていた。それで呼ばれたのだった。

社長は宗太に、「山川さん！　その髪はズラでしょう？」と聞いてきたので、世話になっている社長の手前嘘は、と思い、「いいえ、これは自前です」と正直に答えた。そしてその頭を二人の前に差し出し、丹念に見てもらった。「どうぞ、引っ張ってください」「自前？……じゃあ、染めてるの？」と言うので「それも自前です」と、二人の賭けははずれで成立しなかった、と大笑いしたことがある。

そのとき、「山川さん、秘訣でもあるんかね？」と言われたので、自分が中学生の時に教わったことで、それをずっと心がけていることを話した。「ふうん……そういうことかあ」と感心している。「今からじゃ、遅いってことだよな〜！」と固定してしまった禿げ頭をなでながら、無念そうな顔をしていた。

人に言わせれば、そんなことは迷信でなんら根拠がないというのだが、中学の時の髪の毛は、どちらかと言えば柔らかく茶系だったので、先生の言葉が心に刺さった。親父は若いうちから薄くて禿げ同然だったが、その状態の時に逝ってしまった。

自分も薄くなる覚悟をしていたのだが、その先生の言葉が今の自分の髪を維持していると信じている。とにかくその当時よりは断然黒い。ただし年々こしがなくなっていくのを感じている。宗太は、それでもない人よりは恵まれていると感じていた。


「ところで、ソウジイ!って電話持ってるん?」

リナは遠慮なく聞いた。その口調に宗太は、

「すまん、わしは持ってないんじゃ!」

と本当にすまなそうに答えた。リナは尋問調に続けた。

「じゃあ、どうやってコンタクトをとるん?」

宗太はすぐには応えられず、詰まった。もともと縁を切ろうとしていた。それに電話で会話する環境になかった。蟄居生活には文明の利器は邪魔臭いものと思って過ごしてきた。

「そうだな……?　……すまん……」

答えにならなかった。かなが口をはさんだ。

「コンタクトってなに?」

「あっ！　かな！　連絡みたいなもんの意味」

かなは畳みかけるように言った。

「そうだよね。そうおじさん！　連絡どうやって取ったらいいん？」

もう宗太はたじたじの体だ。

「ごめん！　ごめん！　じゃあ、なんとかするから……どうすればいいかな？」

と逆に質問した。

「うーん……どうしよう？」

かなは腕組みをして考えている。リナも、山口君も「うーん……」と言って、上を見上げたり頬杖したりで考えていた。思案をしても浮かばない、連絡の手段が手紙という手もあるが、彼女たちにとっては面倒くさい最悪の手だ。しかもスピーディでない。皆、八方塞がりの状態であった。

リナがぽつんと言った。

「うちに古いケータイがあるの……」

「ケータイか？」

宗太は自分にも文明開化がきてしまう予感がして呟いた。

「そうじい！　古いケータイだけど、電話だけならこれで十分なの、ママに聞いてみるから……」

と言って自分のケータイを取り出し、母親に電話した。

それを見ていた宗太は、来るべきものが来てしまうかな、と内心複雑な気持ちだ。それで、もう、この子たちから逃げられないと覚悟を決めた。

「ママ！　リナの前のケータイ、うちにあるよね？」

「うん、どこかにしまってあると思う、どうして？」

「うん、それって再登録すれば使えるんでしょ！」

「うん、壊れたわけじゃないから……電池は交換しないとね」

「うん、わかった、じゃあ、ばいばい」

と言って一方的に切った。すぐにリナのケータイが鳴った。

「はい！リナです！」

母親からの電話だった。今どこにいるのか、という問いに隣の町の図書館にいると言ったら、なんでまた、そんなところにと怪訝そうに聞いてきた。リナはかなたちと一緒だと言って切った。

そして言った。

「ほんとに、うるさいんだからもうー！」と母親の心配はそっちのけだ。

《かなも母親を面倒くさいと言っていたが、この歳の子はこんなもんなんだな～？》

「ソウジイ！　うちのケータイを上げるから、登録！　お願いしま～す！」

とやんわりと言った。

「おっ！　わしがケータイか？」

「そうおじさん、お願いしま〜す」

と今度はかなが言った。笑い上戸の山口君はまた、これを見て吹き出しそうになっている。

「山口！　笑ってる場合じゃない！　お願いすんの！」

と強要されている。三対一で勝ち目がない宗太は、

「はい！、はい！」

と言って彼女らに従うことを約束した。かなは満面の笑みをたたえて、

「そうおじさん！　三人との約束よ！　わかった？」

と振り向きながら、念を押した。宗太は遠慮会釈ない攻撃に、

「参った、参った、降参じゃ！」

と言って両手を上げて、全面降伏の姿勢をとった。

《リナは本当に頼もしいお姉さんだ。そうおじさんもリナには勝てないんだから、見習わなくっちゃ！》

かなは少し心配になって、

「そうおじさん！　ケータイの申し込みの仕方知ってるん？」

と問いかけた。

「そうだよな、肝心なそれを聞かなくっちゃ、リナは知ってるのかね？」

「うん知ってるよ、ママと一緒に行ったことがある。この町じゃないんだけどさ、どこも同じだと思うよ」と言って、「あっ、そうだ！　ケータイをソウジイに渡すとき、ママに聞いて教えるね！」

「そうしてくれ、わしは文明に疎いんじゃ」

「ソウジイ！　これからはこういうものをもって文明人になって！」

とリナは正直な気持ちをぶっつけた。

「文明人か？　それじゃ……わしは原始人みたいなもんじゃな〜」

と笑いながら、押されっぱなしの宗太はたじたじになっている。が、なにかこの子たちとの交流が明るい未来をもたらすのではとふっと過った。

山口君が珍しく口を開いた。

「そうおじさんはどこに住んでるん？　僕はずいぶん川っぺりを捜したんだけど、見つからなかった」

すっかり俎板の鯉になった宗太は、

「捜したって、川っぺりをかい？」と素直に応じている。

「うん、地図で捜したんだけど……」

「ああ……そういうことか！　それで図書館に来たんかね～　納得じゃー！　不思議に思っとったんじゃ、かながそこにいたことがな……」

と言って、《偶然にしては出来過ぎじゃな、これも神のご意思か？　いたずらか？》とひそかに思った。《わしも変わらねば、ならない》

「うん、その川っぺりじゃがな」と、宗太は自分の所在を具体的に話しだした。

「山里町大字小川端というところでよ」

リナはケータイを急遽取り出し、地図を検索し始めた。

「ソウジイ！　番地は何番？」

「ええと……百十五番じゃ」

「ああっ！　ここかな、ソウジイ！　これじゃない？」

と宗太の前にケータイ画面を出した。

「おおーっ！　これは航空写真かね。まこと、この家がわしの住まいじゃ。こりゃあ～大したもんじゃなあ」と驚きとともに感心している。

リナはかなたちに見せたように、それを拡大縮小を繰り返しながら見せていた。

「そうおじさん！　リナのケータイは最新のものなの。ほんと、なんでも調べられる感じなの！」

かなはこう言って、

「でも、リナにもらえるヤツは、リナ！　こういうものはついてないんでしょ？」

「うん、ほんと、電話だけのもの、ソウジイ！　そのほうがいいでしょ？　だって、いろんなものがついているとわかんなくなっちゃうと思うよ」と決めつけている。

「そう！　わしは電話だけでいい！」と宗太は心なしか不安をのぞかせながら言った。

「ソウジイ！　大丈夫！　そのときにはわたしが教えてあげるから、そんなに心配しないで」とリナは励ますように言った。

　空き缶拾いの仲間と買い取り業者、コンビニ店員との接点、そんな小さな世界に浸っていた間に、世間は進歩、進化してしまっていた。リナが文明人と言ったのもあながち外れではないと内心思った。

　宗太は、「それじゃあ、一安心じゃな、宝の持ち腐れになっちまってはよ……リナ！　そのときは頼んだよ！」と言って家の辺りの話を続けた。

《わしの話は通じてんだべか？　わしのなまりで？　そう！　できるだけ標準語でいこう》

「良太が調べたその小川は『神住川』と言ってな、わしの庭みたいなもんじゃ。いつもそこから精気を貰っとるんじゃ」

「精気？」とかなが呟いた。

「うん、元気をな。この川が君たちの町のあの川に合流する。川面を滑ってくる風は元気の源じゃ！　第一この川は名前の通り神様が住んでいる川じゃ」

「僕はこの神住川の辺りを捜したんだけど、山川姓はなかったんだ」と山口君は言った。

「表札は出してないし、借りもんの家だからわからなかったんじゃろ。わしはそれでいい生活をしてきてしまったんだ。誰にも迷惑をかけてないしな。わしの所在は郵便配達員だけが知っている程度じゃなあ」

宗太は正直な気持ちを吐いた。

「たぶん、その辺は見た記憶があるんで、前の人の名前が載っていたんかもしれない」と山口君が挟んだ。

宗太は、「まあ、世捨て人には、名入りの住宅地図は逆に迷惑かもしれんな」と言って、苦笑いしている。

「それでも、わしは何一つ不自由していなかったんじゃ」

かなが口をはさんだ。

「でも、そうおじさんの家が載っていたら、そこに行ってしまったかもね」

《そうならなくて良かった》

宗太は、この家にはなにがなんでも彼女らを来させるわけにはいかんと思っていたので、かえって良かったのではと、内心ほっとしていた。

そして、宗太は身を乗り出し、真剣な顔つきで、

「ときどきなあ、わしに話しかけてくるんじゃ、あの川の主が。〈もっとしっかりしろ!〉

ってな。わしはダメ人間なんじゃ。ずう〜っと現実から逃げて生きてきた。みんなに言えることは、わしのように生きてはいけないってことじゃ。君たちは若い、これからが大切じゃ！　夢や希望を持ってそれに向かっていく。例え失敗しても、失敗は血となり、肉になるんじゃ、決して無駄ではない。それを生かせる人にならなきゃいけないぞなー！」

宗太は自分を反面教師に、この子たちに伝えておきたいことを語った。

三人は黙って聞いていた。宗太の真剣な顔つきは心に迫るものを感じている。三人は飲み物を口にしながらお互い顔を見合わせ、「そうおじさんのように生きてはいけないってことよね」とかなは言った。

リナは「生きた教材がソウジイか、じゃあこれからもよろしくね！」と言って、かなたちにウインクを返した。三人はそれで大笑いした。宗太も同調した。

「ところで、ソウジイはなにをしてるの？」

リナは素朴な疑問を投げかけた。

かなは、宗太が負け犬と言ったことは、聞いてくれるなというサインと受け止めていた。《きっと触られたくないことなんだろうな》とこれには触れないでいた。だから、振り向いて宗太を見た。

宗太は一瞬体を引いて口ごもったが、かなに目をやって、「かなにも話してないんだがな、この際だから話してみっか！」と言って、淡々と話しだした。

「わしはもうこの歳でな、元はといえば年金暮らしなんだがな、その年金だけじゃな、仙人暮らしをしなきゃ生きていけないんじゃ！」

「仙人……」

「ああ、わしはな、貰いが少なくてな。水と空気だけじゃ生きていけない、ただの人間なんでさ。食い扶持をな、少しでも稼ごうと、空き缶を集めてな、買い取り業者に買ってもらう仕事をしてんじゃ」

　早朝に空き缶を集めに、ごみ集積所を巡り、集めた缶を買い取り業者に持っていって買い取ってもらう。そういうことを繰り返しているんだと言った。三人には想像がつくが、具体的にはいまいちわからないでいた。

「その空き缶って、黙ってもらってくるん？」

　リナが突っ込んだ。

「うん、それなんじゃがな。言われてみればそうなんじゃ！」

「それって、ソウジイ！　ど、ど、どろぼう……」

　ってリナが言いかけて、宗太は、「シーッ！　シーッ」って口元に指をあてがい、

「大きな声じゃ言えんけんどな、わしの行く町内ではな、みんな知っていて、それが証拠に、近頃、みんな鍵付きになってきているんじゃがな、鍵の番号をな、わざわざ教えてくれるんじゃ！」

「へえ～、なんでまた？」

「わしはな、空き缶をもらってくることには、申し訳ないって、思っててな、その集積所をきれいに掃除するんじゃ！　多分な、それが効いててな、まあ、ほとんどの町内がな、鍵の番号を教えてくれているんじゃ!!　ありがたいことなんじゃがな、それが罪ほろぼしと思っているのさ」

「じゃあ、感謝されているってこと？」

「それはどうか、わからんがな。ある場所では置き手紙があってな、そこに『いつもいつもありがとう』って書かれていたんじゃ！　最近もな、クオカードやら図書カードが入った手紙をいただいたんじゃ」

「ふ～ん、それって暗黙の了解じゃん！　ソウジイ！」

「うん、そうかもしんねえ……一度も、とがめられたことはないんじゃ」

「ふ～ん、掃除か？　なんか、ソウジイってきれい好きって感じは、するよね！」

遠慮のないリナの言葉に、みな笑いを隠せないでいる。宗太は、

「わしはな、学は別として、清潔、整理、整頓、掃除、洗濯、これだけはな、母譲りで、ず～っとこの歳までな、続けてんじゃ！　まあ、これっしかねんでよ！　ワハハ！」

って言って、首をすくめた。

「そうおじさんはいつも石鹸の匂いがすんの！」

かなが言った。

「そういわれてみれば、今でも匂ってるよ！」

って、皆が声をそろえた。

「わしはな、もちろん旧式だがな、洗濯機はあるんじゃが、洗濯は手洗いなんじゃ、どうも機械じゃ信用が置けないんじゃよ。この手と足がよ、動く限りはな、体を使って洗うんじゃ！」

「へえ〜、今どき手洗いって、いないと思うよ！　ところで、足ってどう使うん？」

りなは追加した。

「わしはな、赤ん坊を入浴させる器を、その集積所で手に入れたんじゃ、それにな、洗濯ものを入れてまず足踏みすんじゃ！　そのあと洗濯板……おっと、洗濯板知ってるかい？」

「聞いたことある！」

「その洗濯板でさ、今度は手を使ってゴシゴシやんのさ！」

「へ〜、それって今どき……貴重な無形文化財？　じゃん！」

リナは言い放った。

「ムムム、そりゃどうかな？　まあ、そんな感じでな。ひょっとすると、洗剤の匂いが手足にくっついてんかもしんねえな。そんで匂ってんかな〜？　変なにおいだったら、勘弁してくんろ！」

「ソウジイ！　匂いはいい匂いだから、安心していいの！　ねえ、みんな！」

リナは素直に言った。

「うん、とってもさわやかな匂い！　そうおじさん、気にしなくて大丈夫！」

ってかながフォローしている。山口君は、

「なんで匂ってるんか、不思議だったんだ」

と言った。

「そうか、それじゃ、一安心じゃな」

宗太はほっとしている。

「わしはごみ集積所に行くときはな、生ごみもあるし、匂いがつかねえようになんてさ、できねえんでさ。帰ってくると身に着けていたものは、全部洗っちまうのさ！　運動にもなるしな！　それに掃除すっときにはよ、並べ替えまでしてやんのさ。ぐちゃぐちゃ置いてあるんでさ。見た目に整然とさ、置いとけばさ、車のごみ収集の人も楽だんべ、と思ってさ。一人悦に入ってんだけんど、においはさ、避けられねえんでよ。その匂いでなくて良かった」

素直に言った。《洗濯がかえって、その匂いを消してんかもな！》

「ソウジイって、やるじゃん！　かなから聞いたときは、正直、どんな爺さんかな？　と思っていたの。でも、合格！」

大きな声でリナが言った。

「へえ～　わしは合格か？　そんなこと言われたのは、リナがはじめてじゃのう……！」

内心うれしくなっていた。

「だって、掃除して、並べ替えしてってって、空き缶ぐらい持って行ったって見返りは十分なんじゃない！」

宗太の行為を擁護の弁だ。

「わしはな、少ししかない空き缶のところと、たくさんある缶の場所をな、区別なくきれいにしておるんじゃ、それはな、なんとなくじゃが、貰いが少ないからってさ、差別するのは、世の中の不平等社会をな、彷彿するようでな、自分だけでもこんなんじゃだめってさ、全部平等にやってんじゃ！」

「すごい！　ソウジイって、見た目の差がありすぎっ！」

「そりゃ、お褒めの言葉かいな？　わしのこと！」

「そう！　褒めてんの！　かなが、会ってほしいって言ったのがわかったよ！」

リナは力強く言った。

「アッジャ～！　穴があったら入りたいよな！　この歳で褒められるなんて！」

「どんどん、空き缶なんて持ってってください！　って、みんなも思ってるよ！　ぜったい！　それで、鍵なんか教えてくれるんだよ！　ソウジイ！　すごい！」

って連発だ。

「だからつ～わけでもねえけんどさ。わざわざ、空き缶だけをよ、わかりやすく置いといてくれたりさ。ほんと、感謝なんじゃ！　実際、リヤカーに積みきれないくらいになっちまったりしてたんのさ！」

「へ～え」

って三人は宗太を尊敬の眼差しで見て、感心至極だ。

「それで自転車にあの突起をつけてるのね！」

かなが口をはさんだ。

「そうなんじゃ。あれにリヤカーを取りつけて引っ張るんじゃよ、リヤカーならいっぱい積めるしな。多ければ多いほど駄賃がもらえるんじゃ」

「だちん？」

「あぁっ！　お金のことじゃ！　それがわしの食い扶持なんじゃよ！」

「ふぅん……」

宗太は続けた。

「わしはあの川でその空き缶を洗うんじゃ。そのあと木槌でぺったんこにするんだがな、その間わしの耳元でささやき続けるんじゃ〈シッカリシロ！　シッカリシロ！〉てな！」

かなが聞いた。

「それって誰がささやいてんの？」

「それがよ、わからんのじゃ？　木槌でたたくのをやめるとさ、静かになってさ、また、たたきはじめっとよ、聞こえるんよ。まあ、錯覚なんじゃろな！」

って言ってドリンクを口に運んだ。

《ひょっとすると、木槌の音頭で神様が出てくんじゃねのかな？》

「思うに、多分だがな。たたきはじめっとよ、神様もさ、その音に合わせて語りたくなんだんべさ？」

「ふうん、あの川の神様が……」

誰となく吐いた。

「わしにはそう聞こえるんじゃ。罪作りの男だから、この歳になっても残りの命をなんとかせい！　と言われているんじゃ、まあ気のせいかもしれんがな。だからさあ、君たちには決して後悔のない人生を歩んでほしいんじゃ！」

リナが言った。

「ソウジイって奥が深いんだ？　やってることとこの話はギャップがあるよ！　あっ、いけない！　この仕事が悪いと言ってるんじゃないからね！」

言ってしまったリナはすまなそうな顔をしたが、

「その通りなんじゃ、空き缶拾いなんて胸を張れる商売じゃねえけんどよ、でもよ、今のリサイクルには少しは役立ってるんだよな。資源のない国なんでさ！」

って屁理屈をこねると、リナは、

「ソウジイはリサイクルの一翼を担ってるんだ！　がんばれ、ソウジイ！」

と言ってジュースを飲み干した。また、その光景が笑いに包まれている。

宗太は軽く咳払いをすると、おもむろに、

「みんなにな、守ってもらいたいことがあるんじゃ。さっき言った住所には、もちろん、わしは住んでいるんだがな、そこには来てほしくないんじゃ！　一人でも三人でもじゃ。君らにとってな、得体のしれない老人といること自体がな、良くは思われないんじゃよ。特に、こんなご時世じゃ。余計にな、白い目で見られる！　だから、わしに会うときはこれからは、人がたくさんいるところにしてほしいんじゃ。これは君たちへのお願いつ〜か、約束してほしいんことなんじゃ。約束を破った人間が、って思うかもしれないが、これこそ、変なジジイってなことになったらさ、本当に、二度と会えなくなっちまうしな。この約束を必ず守ってくれ！　みんな、わかってくれるかな？」

心にあったことを三人に告げた。

「うん、そうだね。そうおじさんに会えなくなっちゃうのは……」とかなは言って、「絶対守るから、それじゃあ今度はどこにしようか？」と訊いた。

「あっ！　それと、そうおじさんに今度会うときに、押し花の色紙あげるね！　だから、

言った。

「必ず来てください！」

《念には念を入れてダメ押ししなきゃ！》何度もすっぽかされた思いを胸に、かなは強く

「おおっ！　押し花って？」

「そうおじさんが手紙に添えていた、あの花！」

「へえ〜、あれを！　押し花に？……そうか、楽しみじゃのう！」

「ソウジイ！　かなってとってもセンチメンタルなんね〜！」

「うん？　おセンチってことかな？　……そうだなあ、かなはそうかもしんねえな〜」

かなはとがめられていると思い、

「それって、だめってこと？」

「ううん、とってもいいこと！」

リナは自分にないものを羨ましく思い、素直に口にした。

「う〜ん、押し花な〜。うれしいことじゃな〜」

って満面の顔。余韻に浸る宗太に、かなは三度あることは四度あるとまだ疑っていて、

「そうおじさんが来なかったら、家に押しかけます」

ってダメ押しだ。

「もう、ほんと！　かんべんしてくれ！　必ず来ます！　必ず来ます！」

と両手をテーブルに置いて頭を下げた。その姿が滑稽で、三人はまた、爆笑の渦。

笑いを押し殺しながら、リナは気を取り直して言った。

「それで、会う場所だけど～、じゃあ～、今度の日曜日で……やっぱり山里町図書館がいいな。午前十時でどう？　ソウジイ！　オーケー？」

勝手に決めて言った。

「おおっ、オーケーじゃ！」

と応えた。《最後まで押されっぱなしじゃな》

「それじゃ！　今日はこのくらいかな、まず、みんなに会えて良かった！　ありがとう！　みんなは歩きなんだから気をつけんだぞ！　それから、今日は悪かった、ごめん！」

って再度頭を下げて、帰り支度を始めた。

かなたちも立ち上がりながら、「そうおじさん！　贈り物ありがとう！　ほんとにおいしかった、ありがとう！」と三人が口をそろえた。そして、

「ソウジイ！　かなは泣きべそかいたんよ！　今度あんなことしたら、泣きべそじゃすまないからね！」

とリナが追い打ちをかけた。

「すまん、すまん、もうしない！　約束じゃ！」

疑心

山田先生は、あの四人がなんとも楽しそうなので、さらに不安を増していた。老人と子供たちの接点を考えれば考えるほど、邪悪な関係が頭をよぎる。良くは考えられない。《まして昨今の事件はなんでもありの魑魅魍魎の世界だ》あの子たちになにかが起こるのではと、悪い詮索が始まった。

《あの老人は甘い言葉で気を引いている》先生は、《私は教師として、今なすべきことがあるのでは？》と自分に言い聞かせ始めた。

だんだん気持ちが、行動しなければということに傾き出した。

《さあ私の出番だ！》先生は本をバッグにしまい込み、眼鏡をはずして、眼鏡入れを取り出しバッグにそれを戻した。

山田先生は、自分をあの子たちにしっかりと視認させるため、隅っこの四人に向かって歩き始めようと立ち上がった。

《ちょっと、ちょっと、あれっ？　帰ろうとしている、ちょっと、待って待って》気勢をそがれた先生は、また座り直して、慌てて彼らに背を向けサングラスをかけた。

彼らはレジで支払いを済ましている。《どうやら老人が払ったようだ》先生もその後を追い、レジを済ませた。

通りに出ると、彼らは図書館に向かって歩きだした。行動を起こすタイミングが遅かったことを後悔しながら、後をつけだした。四人は楽しそうに歩いているが、先生はなにか追い詰められている気がしてきている。

《なんというタイミングの悪さ》この後どこに彼らは行くのか？　胸の高まりを覚えてきた。

図書館の入り口を通過して、自転車置き場で老人が立ち止まった。そしてそこから自転車を取り出し、その先の通りに向かって四人は歩き出した。

《どこに行く気なのか？　私はどうすればいいのか？》先生は混乱していた。

《とにかく後をつけてみよう》高まる鼓動を禁じ得ない先生は、滑稽なくらい必死に後をつけだした。

《自分はいったいなにをやっているんだろう。乗りかかってしまった船、こうなったらとことん行くしかないな》腹を決めた。

四人は大通りに出て、最初の交差点に差し掛かった。信号待ちをしている間に、老人は三人になにか話をしている様子だ。先生は三十メートルほど距離を置き、様子を探っている。

宗太は三人が横になって歩くと大通りでは危険だと伝えて、「わしはこちらに行くから、じゃあ気を付けるんだよ！」愛車にまたがった宗太は、左手でハンドルを操作しながら、右手を突き上げてはバイバイの仕草を繰り返して、消えていった。

三人は宗太が見えなくなると、くるりと向きを変えて、「わたしたちも帰ろう」と歩きだした。

かなが言った。

「こんなにうまくいくなんて、みんなのおかげ！　山口君！　リナ！　ありがとう」

リナは、

「かな！　ほんと、運が良かったのね～。私はケータイ探さなくっちゃー！」と言って、

「山口！　あなたはほんとに笑い上戸ね！　なにかにつけ、笑ってんだから。もうー！」と笑った。

「だって、リナのクロカミ爺さんはぴったりだったから～　よけい面白くなっちまったんだ」

山口君はそう言って、またゲラゲラ笑い出した。

かなは、「くろかみ爺さんか……」とつぶやいて、「ほんとに黒いんだからそれがぴったりよね」と追い打ちをかけている。山口君は「わぁー！」と言いながら抱腹絶倒だ。

そんな興に入っている三人の前に、ぬうっとサングラスの女性が立った。

突然のことで後ずさりする三人に向かって先生は、

「こら！　三人はこんなところでなにしてるんかな〜？」

とサングラスを外しながら顔を突き出した。

聞き覚えのある声に、かなは、

「エエッ、先生！　なんで！　やだあ、もうびっくりしたもうー！、山田先生！ったら」

と泣き顔になっている。

「なあ〜んだ、山田先生！　ほんと俺もびっくりしたー！」

と山口君も笑顔が硬直している。

「先生！　ほんと、びっくりしたよ！」

さすがのリナも驚きを隠せないでいる。

「あ〜ら、ごめんなさい、みんなを見かけたので後をつけてきたの」と言って、「三人にお話があるの。帰り道なのね。私がみんなの家の近くまで送っていくから、付き合ってくれない」と同行を誘った。

「ええー、先生は車で来てるの？」

「そうよ。君たちがいた図書館に置いてあるの」

「へえー、先生も図書館にいたん？」

と山口君が言った。

「そう、その図書館にいたの。、ただ、その図書館ではみんなに気付かなかった。ここまで来たのにごめんなさいね。さあ、もう一度図書館に行きましょう」
と言って歩きだした。
《あれれ……？　なんだなんだ？》
宗太はかなたたちの行方を見届けようと、帰るふりをし、Uターンしてこっそり後をつけていた。気の小さい心配性の男、だからバイバイした後で自分が見えなくなったその場所に自転車を置いて、かなたたちを追った。全く以て宗太の心配性は病的だ。
《あの妙齢の女性は一体なんじゃろ？》
女性に付き従って歩いてくる三人を、反対側の歩道から、並木の木立に身を隠しながら観察している。
《三人は楽しそうだし、あのご婦人も妙に親しそうな素振りじゃ》
宗太は道路をはさんだ反対側から、通りすがっていく四人を見ていた。
その四人の歩き方には、なにか信頼関係が漂っている。《あの方は何者か？》宗太は、心配よりはあのご婦人と三人の関係に興味津々になっていた。
付かず離れずで後を追っていた宗太は、四人が図書館に入っていくのを見て、《なんでまた図書館？》と不思議な気持ちになっていたのだが、自分をその場に置けない情けなさを味わっている。ここで彼女らに入り込みたいのだが、自信がないのだ。とにかく、出てくるのを待つことにして、玄関の見えるベンチに腰を下ろした。この木陰になっているベンチで《しばしの休憩じゃ》とリュックからペットボトルを取り出し、一息ついた。

先生は図書館に入ると、休憩室に向かって三人を先導した。休憩室には自販機が置いてあり、そこだけ他のエリアと隔離されている。一面ガラス張りで、よく手入れされた中庭が見通せるおしゃれな空間なのだ。どちら側からでも座れる何列かの長椅子に、先生と対面して三人は座った。

「先生！　トイレに行っていいですか？」とかなが聞いた。

「もちろん、行ってらっしゃい！」と先生は言って、「あなたたちは？」と二人にも振った。リナも山口君も「僕たちも！」と言って、リュックを先生に預けてトイレに向かった。

用を足してすっきりした三人が戻ってきた。

先生は三人に缶ジュースを差し出し、「コーヒーブレイクしましょ！」と言って先に自分のコーヒーを一口含んだ。

「みんなも飲んでね、先生一人じゃコーヒーブレイクにならないの！」とジュースを口にするよう促した。

「先生、ありがとう！」と言って三人はそれを口にした。

一息ついた先生は両膝の前に手を組むと、おもむろに話しだした「君たちは、この図書館をいつも利用しているの？」

「ううん、みんな初めてです」

かなが答えた。

「あら、それじゃーなにか調べものでも？」

「はい！　住宅地図っていうやつで、家を捜しに来ました」

はっきりした口調で山口君が言った。

「住宅地図で……？」

先生はなんのことやらわからないでいる。山口君が得意げに話しだした。

「先生！　住宅地図にはみんなのうちが載ってるんだ。それで、山川宗太っていう人のうちを捜しにここに来ました」

先生はあの老人であろうと察しは付いたが、

「ふうん……山川宗太さん……。その人、みんなとどんな関係なの？」

と聞いた。三人はお互いの顔を見合わせながら、リナがかなにウインクで話すよう促した。かなは覚悟を決めていた。そしていきさつを話し始めた。

「その山川宗太さんは私の命の恩人です」

「恩人？……いのち？」

「はい、命の恩人です」

「それは…またどうしてなの？」

先生はかなの目を見て、これは重大事だと感じた。かなは包み隠さずあの無人駅の出来事を話した。話し終わるとあたりの空気が重くなったのを察して、

「先生ごめんなさい！　自分が弱かったんです。その山川おじさんに助けてもらった上に、強く生きなきゃいけないことを教わったんです。だからあの時、教科書を隠されたことが言えました。山口君が知っていると言ってくれたあの時です！」

洗いざらい吐いた言葉に、先生は両手を祈りのポーズに組み顎を乗せて、力ない声で「そう……そうなのね……」と言ったが、あまりのショックに言葉を失っている。

頭が真っ白で、かなを茫然と見つめるばかりだ。かなにも先生の困惑の様子が見て取れた。辺りに静寂が漂っている。

《自分は全くお人よしだった、クラスのもめごとがこんなにも深刻であった……それぞれのクラスをうまくまとめようと……》とそんなことを浮かべて、口を開いた。

「宮沢さんが……そうだったのね！　……先生が宮沢さんのいじめを知った、その前のことなのね！……」

と念を押すように言って、また黙した。先生は苦渋に満ちた顔になっている。

重い空気を察して、リナが口を挟んだ。

「それでもこの図書館ではソウジイ、あっ、いけない。山川宗太さんの家は見つからなか

ったの」

「ソウジイ？……山川宗太さんのことね」

先生はリナの言葉に頭をほぐされたが、《ではあの老人は？》と思い、口にしようとしたら、

「それでも、帰りがけにソウジイの自転車をこの図書館で見つけたんです。まったくかなはすごい。この図書館にいるってかなは再度戻って、みんなで捜しました。結局かなが見つけたんです。ほんとに偶然って……」

と、リナは言ってかなを見た。

かなは告白したことで、先生が己を責めているのではと感じた。

「先生！　本当にごめんなさい、でも今日こうして、そうおじさんに会えたし、先生にもわかっていただいて……」

と言って涙を浮かべた目で先生を見た。先生はかなのそんないじらしい姿を見て、

「ごめんなさい……本当に知らなくて……」

と言ってハンカチを取り出し、両手で涙目を覆い、そして顔を落とした。

三人の前で先生が、なんのはばかりもなく涙を見せている。ふがいない自分を許せないのか、無念の境地でいる先生が、かなたちの小さな心にも愛おしく思えた。かなは立ち上がると先生の前に腰を折った。

先生の両手に手を差し伸べると、先生の額に自分の額を押し当て、かなも涙を床に落とした。リナはそんな二人のサイドに立って、先生とかなの背に手を当てて同じ世界に入ろうとしている。そんな姿を横で見ていた山口君も、なにか感じるものがあったのか、もらい泣きの体だ。《先生って！　ほんとに最高だ、こんなにやさしいんだ、もう少し勉強しよう！》ってこの場では思う。

しばしの間、人としての情念が辺りに漂い続けた。

先生は涙を拭いながら、感情を振り払うように、

「宮沢さん！　気付かなかった先生を許してくださいね……」

と言ってハンカチを四つ折りにたたんで、自分の閉じた脚の上に置いた。そして顔を上げて、かなの頬に両手をあてがい、かなのおでこに自分の額を擦り寄せ、最後に唇を当てた。母親が愛おしい我が子にするように、先生は女性の本能を露わにしている。

「本当に、ごめんなさい」

かなに小声で言った。

「先生！　先生は悪くありません」

かなは先生の落ち込みようを察して、絞り出すように声にした。そして先生はかなの頬に伝わる涙を指でなぞった。

「みんなありがとう！　先生は、今日、先生になってはじめて大切なことをみんなから教

えてもらったの……」

と言って、泣き顔を振り払うように皆に笑顔を送った。いつもの先生が戻ってきた。そこにほっとしている三人がいる。

湿った空気を振り払うように、すかさずリナが口を開いた。

「先生！　そのソウジイは近くのファミレスにわたしたちを誘ってくれたんです」

《あの老人が、山川宗太さんなのね》先生は、隠してても、と思って、

「先生はね！　あなたたちが図書館から出てくるのを見て、後をつけたの」

「えー！　先生が？　ほんとに！」

「じゃあ、先生もあのファミレスにいたん！」

と山口君は明るい声で言った。

「そう……そこにいたのよ！」

「俺は先生ならわかったはずなんだけど……？」

「先生はね、変装していたの」

「ああ～、さっきの帽子とサングラスしてたん？　先生って面白い。ほんと、さっきはびっくりしたもうー！」

と山口君は回顧している。リナは続けた。

「ソウジイは今日、私たちと会う約束をしてたんです、あの駅で。でも来なかった。それ

でここにきて捜そうとしていたんです」

「みんなは、山川さんがなにをしているのか知ってるの？」

「はい！　知ってます。空き缶をごみ置き場から失敬してきて、それを買い取り業者に持っていって、駄賃をもらうって言ってました」

「ふう〜ん、あ・き・か・ん……か？」

先生はハッとして、《まさか我が町にまで来はしない……あの、返信……？？》

「へえ〜、そうか。ところで、その空き缶集めに、どの辺まで行くんでしょうね。聞いてますか？」

「はい。この地元の町は避けていて、わたしたちの町が主流だと言っていました」

「え〜！　それってなぜかしら？」

「隠遁生活を楽しんでいて、近くだと自分の存在がわかってしまうので、わざわざ隣町まで出稼ぎしてるって、自分のことは知られたくないって言ってました」

「ふ〜ん、その他には、なにか言っていなかった？」

リナが力を込めて、

「はい、先生！　ソウジイは掃除が得意で、空き缶をもらってくる代わりに、その場所をきれいにしてくると言っていました」

「ふう〜ん……」

《まさか、手紙を書いた方……？　なのかしら？　いやいや、まだ早合点は……》先生は宗太の存在に前のめりになってきていた。そして、ふ～って大きなため息とともに、

「そのほかにもなにか話していました？」

「そう、あと掃除をしていることに感謝してもらっているみたいで、ありがとうという手紙や、最近では図書カードやクオカードをもらったって言っていました」

「はあ～……」

先生は確信してしまった。この奇遇を彼女たちに伝えるべきか、黙っていようか、考えあぐねている。《いや、まだ百パーセントでない》気を取り直して言った。

「そうなのね！　きれい好きって大切なことよね。先生も見習わなくっちゃ！」

ってひとまずはぐらかした。《これは、ひよっとしたらじゃなくて、この方なのね》

かなはリュックから添えられていた手紙を出して、先生に見せた。先生は、「どれどれ」と言って目を通し、読み終わるとうんうんと頷いて、「悪い人ではなさそうね？」と言って、今度は「う～ん……」と言って、なにか考えている様子。そしておもむろに、

「先生はね、あの山川さんを一目見たときに、普通じゃない人に見えたの、あの歳にしては髪が黒々としていたので、カツラをしているんではと思ったの。あの歳でカツラなんて、いかがわしい人しかしないんじゃないかと……」

と言ってるそばから、三人はくすくす笑いだして、

「先生！　それはみんな同じで～す。わたしはソウジイに会うなり聞いちゃった。だってズラか染めてるんか、どっちかに見えたんで～す」

とリナが言ったら、それを皆が思い出して、もう大笑いだ。

「先生！　リナは黒髪爺さんどこにいる？　って捜していたんです。会った時にいきなりほんとだあーって、俺たちはそっちの方が気になったんよ～！」

山口君は言葉にならない言いまわしで笑いながら言った。

「先生！　そうおじさんは、アッ、山川おじさんは」

「そうおじさんでいいのよ、宮沢さん！」

「はい！　その、そうおじさんは、わたしたちにその頭を差し出して、自前なんだと、よく見てくれ、と言って触らせてもらったの、みんなで引っ張ったり、近くで見ると結構白髪もあった。少し離れちゃうと真っ黒に見えるんで、カツラに見えちゃった！」

と言ったかなもそれを思い出して、笑い転げている。

三人の爆笑の渦に、先生も疑念が晴れた様子。大笑いしている。ひとしきり宗太の黒髪で盛り上がった四人は、先生が車で皆の家の近くまで送るというので、最後に来週の宗太との約束を話した。この図書館で再度、宗太と会う。その時にケータイを宗太にあげることまで先生に話した。

先生は「私も同席したい」と言って、ただし最初からみんなといるのはまずいと思うから、三人と宗太が会って話の途中に、先生が偶然入り込むという筋書きを立てた。三人は先生が仲間に入ってくれるというので、今からワクワクしている。そして、皆玄関に向かった。

玄関を出ると、かなは、

「先生！　ちょっと待って！」

と言って反対方向へ走り出した。さっきの自転車置き場に宗太の自転車がないことを確認しに行って、戻ってきた。

「ああー、安心した！　そうおじさんは、ちゃんと帰ったみたい」

と言ったかなに、

「うんもー、かなったら。なに心配してるの〜」

リナはあきれた様子で言った。

「宮沢さんは、山川さんがきちんと帰ったのかを見てきたのね！　これで安心したでしょ！さあ、行きましょう！」

と先生はやんわりと言って、車に向かって皆を先導した。

宗太は玄関から自転車置き場に駆けていくかなを見て、《わしの自転車を確認しに行ったんだ。あの子はなんという……》

自分を棚に上げて、まんざらでもない気分に浸っている。

「おっとっと！　来た来た！」と呟く宗太を尻目に、四人は通りすがっていく。

《かなは玄関先で、先生と言っていた。ひょっとして、あの方が山田先生かもしれない》と凝視した。

《そういうことだったんだ。かなたちの先生への態度は信頼に満ちている。絶対にそうだ、これなら安心じゃ！　今度の日曜日が楽しみじゃなあ～》

宗太は四人の後ろ姿が車に消えたのを確認して、置き去りにした自転車に戻って行った。愛車にまたがった。

《今日の展開は結果良ければすべて良しじゃな》と想定外の結末を《神のおぼしめしじゃ、かながあれほど慕ってくれていることに、わしは応えなければならない》そう決心した。


先生は皆を車に乗せると、シートベルトを促して、お気に入りの音楽を流して動きだした。ショパンに浸りながら、今日の出来事を回想している。

《負のイメージで山川さんを見ていた自分。懐疑心が増幅して妄想でいっぱいになった頭。歳とともに猜疑心が勝ってしまう現実。この子供たちのピュアな信じる心。それでも、まだ、私の立ち位置はセンターでなければならない。……そんな中にも、この子たちに人生のなにかを教わった気がする、多分信じる心なんだ。しかも久しぶりに涙した。教える立

場がこんなにも教えられるなんて……そう、私には信じる力が足りないのかもしれない》

こんなことを感じながら、胸が熱くなるのを覚えた。

「先生！　この曲聞いたことがある！」とかなはハンドルさばきをしている先生に言った。

「そうね。有名なノクターンっていう曲なの。いろんなところで流しているから、どこかで耳にする機会があったはずよ。宮沢さんはこの曲どう？」

「うん、今の気持ちにぴったりな曲……」

「今の気持ち？」

かなは充実感で満たされている胸の内を、うまく言い表せない。

「はい、なんかうまく言えないけど……」

「そうなのね……良かった、先生も同感なの……」

皆、先生の人間味あふれる姿を見て、さらに身近に感じている。車はかなたちが待ち合わせ場所にしているあの交差点に近づいた。先生は言った。

「交差点では危ないから、その先のコンビニまで行くわね。それと、今度の日曜日はあのコンビニで待ち合わせしましょ！」

「エッ！　先生が乗せてってくれるん？」

山口君が弾んだ声で言った。

「そう、みんなを乗せていくわ！」

「ワ〜イ！　先生！　ありがとう！」

リナは大きな声だ。

コンビニにつくと、

「じゃあ、みな、寄り道はなしよ！」

「は〜い、了解で〜す」

三人は元気よく答えた。

「それでは、またね。気を付けて帰るのよ！　バイ！　バイ！」

と言って先生は走りだした。三人は車が見えなくなるまで、手を振って送った。


三人の家路の足取りは軽やかで、かなは鼻歌まで披露している。

リナが呟いた。

「みんな、いいなあー！　山田先生って、ほんとに素敵なんだもん」

「リナの担任だっていい先生でしょ！」

かなは得意げに言った。

「ううん、ぜ〜んぜん……」

「ぜんぜん、いいんでしょ？」

リナは少し考えて言葉を選んだ。

「この前の……委員長選びの時に～、みんながリナがいいって言ってくれたの。でも先生は違う子に決めちゃった」

リナの言葉には口惜しさがにじみ出ていた。かなはそれを察して、

「えーっ！　それって変なの、許せない！」

と強く言った。

「そんなんあり～？　うっそー！」

リナがかわいそうに思えて、山口君も吐いた。そして、かなと山口君は同時に顔を見合わせ、「ほんと、許せない！」と強い口調で言った。

リナは二人の怒った顔を前に、

「ううん、リナはそんなこと、気にしないの。だって、中学になったら生徒会長選に出るの。その時はよろしくね！」

とウインクしながら言った。

「わあー、リナ！　すごい。絶対応援しちゃう！」

かなは叫び声になった。そして、

「リナなら絶対できる！　山口君も応援するよね！」

「もちろん！　もち～のろんじゃん！　……生徒会長リナ！　誕生だあ～！」

と山口君は大声で宣言。

そうは言ってみたが、かなは急に心配そうに、かがめた姿勢からリナを覗き込んだ。

「リナ！　会長になっても、かなは友達？」

「バッカね～。かな！　会長になったってリナはリナのままだよ！　大丈夫、かなは、ず・ず・ずう～っと友達だからね！」

「リナ！　ありがとう」と、か細い声に、「かなは、ずうっと一番の友達だからね！」

「ほんと、ほんと、あ・り・が・と・う」と今度は元気よく言って、胸をなでおろしている。そんな様子を山口君はおかしくて、また大笑いしている。三人の笑い声が路地にこだました。

曙光

ついにその日がやって来た。日曜日の朝、宗太はいつになくそわそわしていた。いつものポロシャツをいったん着たかと思えば、今日はこっちにしようかと身繕いに苦心している。大して変わり映えはしないのだが、今日という日が、本人には一大イベントに感じていた。

吹っ切れた自分に、自信を取り戻しつつあった。気合十分な宗太は、ペダルは軽やかで、開門前についてしまうのでは、という勢いである。案の定、開館前についてしまったのだ。

それでもこの図書館は人気の館らしく、学生やリタイヤ組の老人など、席取りのために玄関先には多数の人が開館を待ちわびていた。宗太はオープンとともに一人コーナーに向かった。《十時まで本に目を通したい》

かなとリナは、待ち合わせ時間より早く着いたので、コンビニに入って飲み物とお菓子を物色中だ。

「おはよう！」

と、心なしか元気のない声がした。

「アッ！　おはよう！　山口君も早かったんね！」

「うん、遅れるとみんなに迷惑かけちゃうし……」

「おはよう！　山口！」

リナは元気な声をかけた。

「おはよう！」

「あれ～、山口どうしたん？」

山口君にいつもの笑顔がないのを気にして言った。

「ほんと……山口君どうしたの？」

かなも心配になって顔を覗き込んだ。

「俺、口が開けられないんだ」

「えー、なにそれ、どんなん？」

「顎が、かくかくいうんだ。なにかが引っかかっているみたい……」

「お医者さんに行った？」

「ううん、行ってない」

「ふうん……いたいの？」

かなは山口君の気落ちした顔をしばらく見ていなかったので、いじめられていた時分を思い出した。

「山口、それっていつからなの？」

「昨日っから！」

「じゃあ、土曜日で病院は休みってことだ！」

「うん。こんなの初めてだし、つっぱった感じだけで痛くはないし、すぐ治ると思って行かなかったんだ。でも今日もこんな感じ」

と言って二人の前であごをかくかく鳴らして見せた。

「ほんとだあー」

って二人はまじまじ山口君の顎を見ている。なんて声を掛けていいか唖然としていた。

クラクションが聞こえて、三人は外に出た。先生が下りてきて、挨拶を交わした。先生はいつものように笑顔を振りまいている。

「みんな待たせてしまったかしら？　さあ！　行きましょう！　遅れると山川さんに失礼なのよ！」

と言って車に案内した。シートに腰を下ろすと三人のシートベルトを確認して、「さあ、しゅっぱ〜つ」と動き出した。

流れるバックサウンドに身を任せている三人だが、心地好いはずの山口君の表情がいまいちなのだ。三人は黙りこくっている。今日のＢＧＭはパッヘルベルのカノンだ。三人はこれもまた、どこかで聞いたことのある曲と、耳を傾けていた。

先生は、神妙な面持ちの三人に声を掛けた。

「みなさん！　緊張してるの？」

隣のかなが口を開いた。

「先生！　山口君が、口が開けられないんです」

「えっ、なんですって？」

「顎がかくかく鳴って、……なんかの病気かな〜……」

「先生！　顎が引っ張られて、ものを噛むとかくかく言うんです、ほら！」

と言って、山口君は身を乗り出し、先生の耳元でかくかく音を鳴らして見せた。

「あら！　ほんとね……。山口君！　病院には行ったの？」

「ううん、行ってません。痛くないんです」

「そうですか……？　お医者様に診てもらったほうがいいかもしれませんよ！」

「はい！　明日行ってみます」

「そうね。心配事はすぐにしましょうね！　体は大切にしなくっちゃ！」

「はい、先生。そうします」

山口君は、先生の心配してくれた言葉に少し元気を取り戻してきた。

「うん、今日は山川さんに会うんだからみんな、がんばらなくちゃねー！」

「はーい！」三人は声をそろえた。

リナはリュックをごそごそ手探りしている。ケータイを確認していた。図書館が近づいてきた。通りから図書館の駐車場に入ると、先生は少し離れた玄関が見通せる駐車スペースに車を止めた。四人が目をやると、宗太はリュックを肩からぶら下げて玄関先に立っていた。リナが真っ先に発した。

「ソウジイ、玄関にいるじゃん！」

先生は言った。

「いい？　みんなは山川さんをあの休憩室に誘うの。そこなら声を出してもオーケーよ。先生はね、みんなの後から二階に行って、三十分後に休憩室に下りて行くから、偶然に会ったように振る舞うの！　わかった？　じゃ！　行きなさい！」

三人は玄関に向かった。近づいてくる三人を、宗太は手を振ってお迎えだ。宗太は待ちわびた気持ちを態度で示していた。三人は駆け寄った。

かなは言った。

「そうおじさん！　おはよう！　待った？」

「うっ……ううん、そんなでもないぞ。みんな、おはようっ！　元気そうじゃな！　ここまで歩きじゃ、大変だったろうに！」

「ううん、く……くる」と山口君は言いかけて、「ううん、大したことない、ぜんぜん大丈夫！」と言って、言いそうになった自分を笑いで押し殺した。

先生と車で来たことは口に出せない。

「そうじい！　この図書館に休憩室があるの知ってる？」

山口君のばれそうな言葉を遮って、リナは言った。

「うん、そうだ！　そこがいいぞな。あそこは声を出しても大丈夫なところじゃ！　じゃあ、行こう！」

休憩室に入ると、宗太は気遣って皆に声を掛けた。

「なにか飲み物！　どうかな？」

リナは大きな声で、

「いらな～い！」

「そうおじさん！　私たちはみな、途中で買ってきたん！　だからいらない」

とかなも言った。

「そうか！　ほしくなったら言ってな！」

と言って宗太は長椅子に腰を下ろした。その隣にかな、対面にリナと山口君、リナは早速ケータイを取り出し、宗太に「これ！」と言って差し出した。宗太はケータイを受け取ると、立ち上がり、仰々しく両手でそれを天にかざし、目を閉じ頭を下げて「ありがとう！」と言った。

その奇妙な仕草に山口君はすぐ反応して、大口を開けて笑いかけたが、顎が引っかかっていつもの笑いにならない。

リナとかなは、「そうじい！　それってなに！」と爆笑している。

そして、今度はかなが押し花を差し出した。色紙に三輪の花が左上に扇状に配されて、〈そうおじさんへ、いつも大きな勇気を与えてくれてありがとう、かなより〉とつづられていた。

手にした宗太は正面から見たり斜めにしたりと、目を近づけては、「うん、うん」とうなずき、壁にかける動作をして、

「おおっ！　これはすごいな！　立派なもんじゃ……ありがとう！　かなにはこんな才能

があるんじゃな！　早速、壁に飾っからよ！」

とまた、立ち上がり再度、丁寧に同じ動作を繰り返したので、もう、その仕草に三人は腹を抱えて笑っている。

「そうおじさん？？？　それって！　ほんと！　おもしろすぎ〜！」

ってかなは声にならない。

いつもなら、山口君の大口笑いが見えるはずなのに、その異変に気付いた宗太は、

「良太！　どうしたんじゃ？」

「……ううん……」

「どうしたんじゃ？　いつもの元気がないぞなあー」

かなが挟んだ。

「そうおじさん！　山口君は顎が変なの？」

「あご……？」

「そう、顎がかくかく言って、ほら！」と言って鳴らして見せた。

「おおっつ！　おっと！　良太もそれになったか？」

「えっ、そうおじさん……もなったん！」

良太は言った。

「ああ、わしもな……それになったんじゃ」と懐かしそうに吐いた。

そして、にこっとして「それはすぐに治る、今は心配じゃろが、わしの言う通りにしたらいい！」と自信を持った言葉だ。

宗太は中学時代、これには苦しめられた。口を無理に大きく開けようとすると右の顎がカクンと音がして、すじがひっぱられるようになってしまった。ものをまともに噛めない状態になってしまったのだ。このまま口が開けられなくなるのでは、という恐怖心に駆られた。整形外科に通ったが、当時の治療では一向に良くならなかった。

もちろん、治したい一心で通い続けたのだが、子供心にもこんな治療で治るのかと疑問に思ったくらい稚拙だったのだ。だから通院をやめた。その後、いつのまにやら、治ってしまった。成長期の病気だったのかな？　と思ったくらい自然に気にしなくなっていた。

そして、ある日、またもや突然にこれが現れ、先の経験で、前回同様自然治癒するだろうと、ほっとくことにした。

寝床でこのことを思いながら、《なぜか？》と詮索を始めていた。あの時の状況と治ってしまった時の状況の変化は、そして今この時はと、考えては消しての繰り返しをしていた。朝起きると発生、顎がいつも接触しているところ、つまり枕、それと寝相が関係しているのでは？　前回と今回の共通事項は、寝床の位置、ということで、前回治った位置に寝床を戻してみた。

そしたらマジックのように消えてしまった。つまり、〈右側の顎が不調になるのは、寝姿で、顔の左側を枕につけて寝る傾向が強い〉ということに気づいた。要するに、かくかくいうほうを枕につけて横寝すれば、完ぺきとはいかないが、治る。これは、自分でも自慢できる発見だった。


宗太は山口君に問うた。

「こんな風になったのは初めてかな？　それと布団はどこに敷いているん？」

「うん、初めて！　端っこに敷いている」

「それじゃ、壁はどっち側？」

「右側が壁！」

「じゃあ、右の顎にダメージじゃな？」

「え～？　そうおじさん！　なんでわかるん？」

「右が壁だと、左が解放されてるんでな、そっちに寝返って、横向き寝してるはずなんじゃ！　多分、同じ寝姿で、そう、良太は左の顔を下にしてエビのようになって寝てると思うんじゃがな！」

「あっ、たっ、り～。そうおじさんの言うとおりだ！　びっくり！」

って嬉しそうに答えた。

二人の会話はなぞかけ問答のようだ。宗太は問いかけが終わると、こう言った。

「良太！　その右側の顎を必ず下にして眠るんじゃ。横向き寝姿でだぞー。鳴る方を下に、つまり枕につけて寝るんじゃゃ！」

「うん、やってみる！」

山口君はぱっと明るくなった。

「これは絶対、右側を開放したほうがいいんじゃ。だから今、右が壁なら、まあ、足と頭を交換ってことじゃな！　そうすればよ、右側が下で横のエビそり寝ができるんじゃゃ！」

宗太の自信めいた言葉に、光明を見いだしていた。

実際、宗太は何人もの人に、これについては感謝されていた。だから、自信いっぱいの言であったのだ。内心、自身の経験が役に立った唯一のことだと自負している。


「あら！　皆さんこんにちは！」

先生は打ち合わせ通り二階から下りてきて、皆の前に姿を現した。

「アッ！　先生！　なんで〜！　こんにちは！」

リナが先頭を切った。かな、山口君も元気よく応答している。出来上がった筋書きにしては、三人はうまく立ち回っていた。偶然、ここで会う芝居は、少しぎこちなさがあったもののうまくパスしたようだ。

宗太は一見して、《やっぱりこの人が山田先生なんだ》と、あの時のシーンを思い出していた。お互い初対面なのだが、なにか懐かしみを覚えるシチュエーションに、こっそり見てしまった者どうしの後ろめたさが漂っている。

先生は皆に目配りをして言った。

「座っていいかしら？」

「あっ、先生！　ここ！」

と言って、リナが隣の席を空ける仕草をした。

その対面のかなは体を宗太側にねじって、口を開いた。

「先生！　この人は山川さんです！」

「山川宗太です！　初めまして、この子たちとは……友人です。あっははあ～」

と照れ隠しに、黒髪を掻くそぶりをした。

「山田智子と申します。この子たちの小学校で教師をしています」

宗太はしばらくぶりで、大人と、ましてや先生という苦手な人と、会話をしなければならない羽目になったので、緊張の面持ちでいる。

「ソウジイ！　山田先生は学校の人気の先生なの！」

「あら！　そうかしら。ここで持ち上げてもなにも出ませんよ！」

「ううん、ほんと！　スーパーティーチャーなの！、リナは山田先生にあこがれてるんだから！」

「あら！　高橋さん！　お上手ね」

「うん、ほんと！　すっごい先生！　かなは大好き！」とかなも参戦し、本心をぶつけている。この子たちの先生への信頼は絶大なものと、宗太は感じ入っていた。

先生と生徒の会話は教える教わる立場を超えたなにかがある。《かなはこの先生にあのことを伝えたのだろうか？　こんなにもいい先生がいるのに死のうとするなんて》宗太はあのことを思い出していた。


「山川さん、宮沢さんを救ってくれたんですってね！　なんとお礼を申し上げていいやら、改めてお礼申しあげます。ありがとうございました」

と言って山田先生は立ち上がり、深々と頭を下げた。

「やぁあ、先生！……そんなあ」

宗太は突然のことに、返す言葉が見つからない。

かなは先生のこの行為に胸が熱くなっていた。

《自分のことのように振る舞う先生は、どこまでもやさしいんだ》

かなはこみ上げてくる涙を抑えきれない。宗太はハンカチを取り出して、あのときのように手渡した。かなは「ありがとう」と言ってすんなり受け取った。

かなが涙声で、

「そうおじさん、先生は……」

と言いかけている間に、リナは遮ってこう言った。

「ソウジイ！　この前ソウジイとバイバイしてから先生に会ったんだよ。それで、いきさつを話したの！　そんときに先生はかなのことで泣いてくれたの」

「あら～、高橋さんたら……」

《あのときの三人とご婦人が再度図書館に行ったときじゃな》宗太は思い起こしていた。

「そうおじさん！　先生はほんとにやさしいの！」かなは涙声で言った。

「俺ももらい泣きしちゃったんだ。先生って最高だから！」山口君まで絶賛している。先生は子供たちの攻勢にたじたじになっていた。

宗太はじっと聞き入っていたが、口を開いた。

「そうだったんだ……。先生に話したんだ。それは良かった……」

と言って、しばし沈黙した。そして肩の荷を下ろすように深く息をして、言った。

「あのことはわしの人生に光明をもたらしてくれたんじゃ！　かなを助けたというより、わしが助けられた。人として、忘れていたなにかがよみがえってきたんじゃ。うまく言えんがな、わしがかなに『ありがとう』って言いたいんじゃ！　残りの人生に張りができた。先生！　この子たちに元気を、そう、生きがいももらったんです。本当にみんなありがとう！」

　宗太は頭を下げた。

「そうおじさんは……、たしか『わしを反面教師にしろ！』って言ってたんです」

　とかなは先生に向かって言った。

「あら、反面教師？　山川さんが……？」

「そっ、そうっ、そうなんじゃ！　わしはな！　あっ、こんなこと話していいんじゃろか？」

「おねがいしま～す！」ってみんなの合いの手が入り、宗太は、「うっ、うっ、うん！」

と咳払いをして続けた。

「わしはな、自分の生き様をさ、みんなには、なぞってほしくないんじゃ！　長い人生には必ずどっちかの道を選ばなきゃならないことが出てくるよな！　わしはな、そんときには必ず楽なほうにしてしまったんじゃ！　そんときにさ、挑む勇気っつ～かさ、努力つ～かさ、果敢に取り組む根性がなかったんじゃ！　全て、回避、つまり逃げてばかりの人生を歩んじまった。それで、この様なんじゃ！」

　かなは宗太の話に自分の行為をなぞって、身が引き締まる思いでいる。

《そう！　逃げてはいけない！》

　宗太は続けた。

「この歳になってな、過去を振り返るとさ、あんときゃあ、こうすれば良かったなあって、後悔先に立たずでさ。もう一回リセットできればよ、どんなにかいいんだがよ！　そんなことはかなわねえよな！　……みんなはさ！　こういう〈後の祭り〉ってな生き方だけはよ、やめてほしいんじゃ！　わしの生き方はな、くどいようだがな、〈触らぬ神に祟りなし〉でな、なにかにつけ、事あるごとに、そう、逃げるが勝ちって。まったく……よくよく考えりゃよ、刺激のねえ、つまんねえ人生だったんだよな、うん、でもよ……みんなとの、このことはよ、わしの晩年にな、奇跡をもたらしたかもしんねえ。……第一ボケ防止にもなってるって！　いい刺激をもらったんじゃ、うれしいかぎりじゃ！」って言って起立し、再度、「みんな！　ありがとうな！　本当にありがとう！」と腰を折った。

「そうおじさん！　こっちが、ありがとうなの！」

　ってかなはすかさず言った。

「先生！　ソウジイって、見た目よりずっと、奥が深いんで、びっくりなの！」

　リナは放った。

「ええ、そうね！　私も、高橋さんがいう通り、お会いしてそう感じます。先生には、見た目もしっかりした方にみえますよ」

「あっ、いけない。ソウジイ！　これ、ゆるして！　言い過ぎちゃったかな～」

　ってリナは本音を言ってしまったことに恐縮している。

「ドンマイじゃよ。それはお褒めの言葉と思ってるんじゃ！　うれしい限りじゃな～」

宗太はまんざらでもない評価にご満悦だ。

「それにね、先生はみんなに内緒にしていたことがあって、山川さんにはここで、町内のことで、お礼を申し上げなければならないことがあるんです」

「はあ～！　先生にお礼って？」

なんのことやら、さっぱり理解できない宗太は、目を裏返して皆を見回した。

先生はすっと立ち上がり、

「いつもいつも、ごみ集積所をきれいにしてくださっていて、町内を代表してお礼申し上げます。本当にありがとうございます」

と頭を下げた。宗太は一瞬、息をのんで、

「あの～、先生が、まさか、と・と・と・ク・ク・クオカードを？」

「そのまさか、ですの！」

「わあ～、穴があったら入りたい」って顔を手で覆い、「先生！　……こちらこそ申し訳ございません！」そして、二、三度頭を叩いて、「ホント、感謝、感激、神、あられ～！」って意味不明な呪文を唱えて、いきなり立ち上がり、直立不動の姿勢から直角にお辞儀をした。

それがまた、可笑しさの導火線になり、爆笑の渦になっている。

《こんな奇遇を迎えるなんて、神様！　ありがとうございます》

　宗太は偶然にしては、出来過ぎじゃ、夢じゃなかろうかと頬をつねった。

「ソウジイ、これって夢じゃないから！　げ・ん・じ・つ！……ああ、わかった……それで先生は、あのとき、ソウジイのことを」ってリナが言った。

「そうなの、図書カードって聞いたときにたぶんそうだろうなと思った。でも百パーセントでなければいけないので……」

「先生！」

　皆の笑顔が先生に向けられた。そしてリナは、

「先生って、天才！　ううん、そうじゃなくて、幸運の女神！　あっ、あっ、神様！」

「同感！　先生って、すごい！」

　皆は先生を仰ぎ見る姿勢で凝視した。

　先生は、「あらそんなに、褒めても、なにも出ませんよ」って言って、今度は真顔で「本当に不思議なことですね！　この巡り合わせは……？」と言うや、先生もこの運命の余韻に浸っている。

　顎の不具合で気落ちしていた山口君は、宗太の指南で気が楽になっていた。

《自分は耐えるというか、すぐに忘れる工夫でいたんだ！　だって家に帰れば父さん母さんがいて、うちって天国なんだ。ただ、これが普通でないってことに、今回のことで知った》そして、山口君がおもむろに口を開いた。

「ところで、逃げてばっかりってわかったけど、実際逃げないようにすんのは、どうしたらいいいんだろうね？」

「うん、そうなんだよな〜。……わしはな、事あるごとにさっき言った楽なほうに行っていたんじゃから、その反対を選択して、少し大変かもしんねえが、その大変なほうに舵を切って進むってのは、どうかな？　そんでさ、そっちを取るのは、勇気がいるんだと思うがな、その勇気を持って、進むってのはどうかな？　そこでな、勇気なんだが、これって、わしの持論だがな、心の力つう〜かさ、魂の力つう〜か、そういう内から湧き出るパワーなんだろさ！　みんなが、必ず持ってんだよな、だから使わねっていう手はねえよな、どんどん使うべきなんじゃよ！」

と強い口調で言った。

「ホント！　勇気なの！　そうおじさんに助けてもらって、強くなれた自分が、先生に言えた、あのとき、本当に勇気が出ていて、自分でもうれしかったんです」

かなの強い言葉だった。

「そうよね。突然のことで、先生はびっくりしたの！　宮沢さんの発言とそれに山口君の勇気ある行動。山口君がここです！　って言ってくれなかったなら、本当に冷や汗ものだった」と言って、額の汗をぬぐう真似をした。

「山口君があのとき、知ってるって、言ってくださったの、すごい勇気だったのね！　山口君！」と言って笑顔を向けた。

「えっ、はい！　ぼくは、ただ……」

「そうね！　先生はとってもうれしかったのよ！　こんなにも山口君は勇気を持っているのねって、あのとき感心したの！」

　と山口君を覗き込み、

「あのとき、いじめが自分のクラスでって……先生は大混乱していたの！　しかも校内で、このことを取りまとめしようとしていた矢先なの。でも、山口君のあの行動は、一方で先生を勇気づけてくれたんです。遅くなっちゃったけど、もう一度、山口君ありがとう！」

「先生！　僕は、先生がいじめを聞いてくれたんで、本当に、うれしかったんだ。あんとき、かなとリナに話したんです」

「あら、そうなの？　じゃあ、みんな、すべてお見通しなのね！　そうか……良かった！」

「リナは、その勇気持ってんのかな～？」って自戒気味に吐いた。

「はあ～⁉　リ、リナは、もう十二分に持ってるよな～！　うらやましいくらいなんじゃ！」

　宗太の羨望の言葉だった。ワッハッハ～って、みな大笑いしている。宗太は、

「ついでにだがな、みんなにはさ、老婆心でな、余計なことかもしんねえがな、人生に失敗なんてないってことをな、言っておきたいんじゃ。みんないい経験なんじゃよ。いろんなことにな、勇気を持ってなチャレンジしてほしいんじゃ！」

「は〜い、がんばりま〜す！」って三人は口をそろえて唱えた。

「今回のことはさ、みんなに良きお友達とさ、ビッグな先生をもたらしたんじゃ！　神に感謝じゃなあー！」

宗太は熱のこもった久しぶりの語らいに、高揚した己を感じていた。

「わたしは、すごくラッキーだったんだね！　そうおじさん、山口君、リナ、そしてビッグな山田先生。みんな！　みんな！　本当にありがとう！」

と言ってかなは椅子から立ち上がり、深々と頭を下げた。自信に満ちた行為だった。かなはすっかり打ち解けて、この場を楽しんでいる。

「う〜ん、そうね。山川さんの言う通りね。私ももっともっとしっかりしなくっちゃ！」

と先生が言うと、

「先生！　それ以上しっかりしなくていいで〜す！」

ってリナが挟んだ。

「あら！　先生は、そんなにしっかりしてるのかな〜！」

と山口君に振った。

山口君は、「う、う、うーん……」と詰まらせて、顎を押さえながら笑いだした。

その仕草に、皆もつられて笑いだした。反省会が盛り上がっている。

「ところで、リナ！　さっき頂いたケータイだが、どうするんか？　教えてくれんか？」

「ハ〜イ、簡単で〜す！　ソウジイ！　まずは携帯屋さんに行くの！　わたしもいっしょに行くから心配しないで！」

「おおっ、そりゃありがたい！」

かなもついて行くと言ったら、山口君も「俺ももちろん行く！」と二人は携帯屋に興味津々だ。

「じゃあ、これ終わったら、みんなで行こう！　あっ、でもその前にお腹すいちゃったみたい！　みんなは？」

「あれ〜！　もうお昼じゃな〜！　先生！　ついでだから、あのファミレスに行きましょうか！」

「わーい！　さんせ〜い！　さんせ〜い！」

「俺も、腹減ったー！」

「そうね。じゃあ、みんなで昼食といきましょう！」

先生は、「みなさん！　手荷物を忘れないように、確認してくださいね！」ってすっかり教師に戻って、率先している。

〈ソウタヨ！　オマエノイウ、ハンメンキョウシハ、オマエニモアテハマルノダヨ！　オノレヲミツメテ、ショウジンスルガヨイ！〉ってどこからともなく聞こえて、

《はい、偉そうなことを言った手前、勇気を持って先に進み、自分が変わることを約束します》と、宗太は誓った。

ワイワイ言いながら、意気揚々とファミレスに向かう一行の背中に、真昼の日射しを受けた並木の影が軽やかに踊っていた。

著者プロフィール
伊澤 多喜男（いざわ たきお）
1948 年 栃木県小山市生まれ　法政大学工学部建築学科卒
住宅メーカーの設計部を経て独立
株式会社伊澤設計（https://www.izawa.cc）代表取締役
一級建築士　宅地建物取引士
現在、「家造りは幸せづくり」をモットーに設計に勤しむ
栃木県佐野市在住 「ta-boさん」の名でYouTubeに動画配信中
著書『家族が幸せになる家がほしい』『いい家の正体』(ともにWAVE出版)

かな

2024年11月15日　初版第１刷発行

著　者　伊澤 多喜男
発行者　瓜谷 綱延
発行所　株式会社文芸社
〒160-0022 東京都新宿区新宿1－10－1
電話 03-5369-3060（代表）
03-5369-2299（販売）

印刷所　株式会社平河工業社

ISBN978-4-286-25862-1